A. Collin

Todhungrige Ostsee

Küstenkrimi

JAVY«

Personen und Handlung sind frei erfunden.
Eventuelle Ähnlichkeiten mit real existierenden Personen
sind rein zufällig und nicht beabsichtigt.
Markennamen, Warenzeichen,
Namen von Personen und Dingen der Zeitgeschichte,
falls diese im Buch verwendet werden,
sind Eigentum ihrer rechtmäßigen Eigentümer.
Für die Darstellung bzw. Erwähnung gastronomischer,
kultureller oder touristischer Einrichtungen haben weder die
Autorin noch der Verlag eine Vergütung oder
Zuwendungen jeglicher Art erhalten.

Todhungrige Ostsee
Sechster Fall für Lux und Bähr
Küstenkrimi

ISBN: 978-3-948820-36-7

JAVY«

DAS BUCH

Die Hafenfesttage in Laboe locken Urlauber und Einheimische zum Jahrmarkt. Die Stimmung könnte gerade nicht besser sein, da gibt es beim Fischbrötchen-Wettessen einen Toten zu beklagen. Ausgerechnet Imre Westermann, der Wirt des neuen Edelrestaurants, erstickt an einem Bismarckhering. Hauptkommissarin Gesa Bähr und Oberkommissar Niklas Lux glauben nicht an ein tragisches Missgeschick, denn der cholerische Küchenchef und gefürchtete Schürzenjäger hatte sich an der Küste schnell Feinde gemacht.
Ein anonymer Hinweis verstärkt ihren Mordverdacht.
Das gesamte Team arbeitet mit Hochdruck an der Aufklärung des Falls, der, wegen des großen Interesses am Privatleben des Opfers, bereits über den beliebten Urlaubsort hinaus hohe Wellen schlägt.
Doch immer wieder kreuzen zwei junge Frauen die Ermittlungswege der Kripo Laboe. Deren Nähe zu dem prominenten Wirt macht die beiden verdächtig.
Plötzlich liegt eine von ihnen ermordet am Strandufer ... und die Ostseekommissare Lux und Bähr geraten in einen Strudel perfider Machenschaften, deren Drahtzieher ohne jede Skrupel ihr verbrecherisches Ziel verfolgen. Höchste Eile ist geboten, denn weitere Menschenleben sind in Gefahr.

Als Team unschlagbar: Die taffe und temperamentvolle Gesa Bähr, ein Fels in der Brandung der Verbrechensbekämpfung und Niklas Lux, der eigensinnige Ermittler mit dem kühlen Verstand.

Jede Menge Spannung und immer eine frische Brise Humor!
Erleben Sie die malerische Ostseeküste von ihrer aufregendsten Seite!

Jeder Fall der Ostseekommissare Lux und Bähr ist ein in sich abgeschlossener Roman und kann einzeln gelesen werden.

Wer heute
den Kopf
in den Sand
steckt,
knirscht morgen
mit den
Zähnen.

INHALT

Mittwoch

1. Kapitel

»Pst!« Gisela legt ihren Zeigefinger an die Lippen und hält im Türrahmen des langen, schmalen Krankenzimmers inne. »Sie ist noch da«, flüstert sie ihrer Kollegin Renate zu, die hinter ihr auf Zehenspitzen steht und Gisela neugierig über die Schulter schaut.

In dem mit gedämpftem Licht gefüllten Raum sitzt eine junge Frau am Bett eines Mannes. Während über ihm die medizinischen Überwachungsgeräte leise summend ihre Arbeit verrichten, singt die Frau mit kratziger Stimme: »La, le, lu, nur der Mann im Mond schaut zu …«

»Will sie denn heute gar nicht nach Hause gehen?«, wundert sich Nachtschwester Renate. »Die Arme ist schon heiser vom vielen Singen.«

»Das ist bei ihr normal. Sie hat so eine rauchige Stimme«, erklärt Gisela ihr.

»Ach so. Mit mir hat sie ja bisher nie ein Wort gewechselt. Ich habe gehört, ihr Bruder soll ins Städtische verlegt werden. Der Familie ist wohl das Geld ausgegangen.«

»Ja, wir können es leider nicht ändern.« Gisela zuckt bedauernd mit den Achseln. »Lassen wir die beiden noch ein wenig in Ruhe. Ich gehe jetzt erst einmal in die Vier, den Tropf wechseln.«

Kopfschüttelnd läuft sie den Gang weiter zu ihrem nächsten Komapatienten.

Es gibt einfach zu wenig Gerechtigkeit

Donnerstag

2. Kapitel

Voller Stolz schreitet Trude Hansen am Arm ihres Freundes Carlo zu einem der reservierten Vierertische vor dem großen Fenster mit Panoramablick auf die Ostsee.

»Ist das nicht herrlich, Carlo! Das neue Restaurant in Laboe ist eine Augenweide!« Die Blicke der einundachtzigjährigen Witwe wandern bewundernd über die in hellen Pastelltönen gehaltene Inneneinrichtung.

Wirklich schick ist alles geworden.

»Abwarten«, brummt der ehemalige Leuchtturmwärter Carlo Friedrichsen, »ob es auch ein Gaumenschmaus wird.«

»Ganz sicher!« Trudes kleine, graue Augen glänzen vor Freude. »Da kommt Niklas«, ruft sie und winkt aufgeregt zu ihm herüber.

»Er ist sogar fast pünktlich.«

Oberkommissar Niklas Lux hatte seiner ehemaligen Wirtin versprochen, heute mit den beiden in dem neu eröffneten Gourmetrestaurant Mittag zu essen.

Er umarmt Trude herzlich und begrüßt Carlo mit einem kräftigen Handschlag. »Ich kann leider nicht lange bleiben«, entschuldigt er sich und nimmt auf einem mit sonnengelbem Leder bezogenen Hochlehner Platz, »Gesa hat bereits in einer Stunde die nächste Dienstbesprechung angesetzt.«

»Das ist seine Chefin, Carlo. Hauptkommissarin Gesa Bähr, unsere furchtlose Bärin«, erklärt Trude ihrem Freund. »Ich kannte sie schon, als sie lustige braune Zöpfe trug und für ihre Eltern die Medikamente von der Bähr-Apotheke mit dem Fahrrad ausgefahren hat.«

Carlo nickt und seufzt leise.

Weiß ich doch längst alles, denkt er und vertieft sich in die überschaubare Mittagskarte.

Niklas blättert interessehalber in dem dicken ledergebundenen Menü-Buch.

Da reicht meine Zeit jetzt gerade einmal zum Durchlesen.

Interessante Weinauswahl.

Am Ende entscheidet er sich, genau wie Trude und Carlo, für einen Fischeintopf nach Art des Hauses.

Der ist bestimmt schon vorbereitet worden.

Da muss ich nicht lange warten.

Zehn Minuten später löffeln die drei einträchtig aus den eleganten weißen Suppenschalen.

»Was für ein extravagantes Porzellan!«, schwärmt Trude. »Die Wellenform passt perfekt zum Namen des Restaurants.«

»Na, ich finde ›Meeresbrise‹ nicht besonders originell«, widerspricht Carlo. »Der Name klingt gewöhnlich. Im Gegensatz zu den Preisen in diesem Lokal … Die sind selbst für die Angebote auf der Mittagskarte außergewöhnlich hoch.«

Niklas nickt zustimmend.

»Aber die Suppe schmeckt fantastisch«, lobt er.

»Siehst du!« Trude wirft Carlo einen triumphierenden Blick zu. »Man muss sich auch mal etwas Feines gönnen. So einen leckeren Fischeintopf habe ich lange nicht mehr gegessen …«

Sie hält kurz inne und klopft nachdenklich mit dem Löffel auf den Rand der Porzellanschale.

Niklas hebt die Brauen.

Was hat sie denn auf einmal?

Wenn das feine Geschirr nur nicht zerspringt.

»Jetzt fällt es mir wieder ein!«, ruft Trude aus. Am Nachbartisch drehen sich die Köpfe zu ihr um.

»Nicht so laut«, bittet Carlo sie und schaut entschuldigend zu dem Pärchen herüber. Aber die beiden lächeln nur freundlich und prosten ihm mit einem Aperitif zu.

Trude hat es gar nicht bemerkt. Sie hat ihr Verschwörungsgesicht aufgesetzt, das Niklas schon hinlänglich aus vergangenen Ermittlungen bekannt ist.

Oje, bitte nicht.

Wahrscheinlich wittert sie wieder ein Verbrechen.

»Diese Fischsuppe«, flüstert Trude über den Tisch, »die uns bei der Portionsgröße als Eintopf serviert wurde, erinnert mich an die berühmte Wikinger-Fischsuppe von Jasper Matthes.«

»Jetzt, wo du es sagst«, meint Carlo und schlürft schnell noch einen Löffel Suppe, »schmecke ich es auch.«

»Klärt mich mal auf, ihr Nordlichter!«, bittet Niklas. »Ich bin erst ein gutes Jahr hier oben an der Ostseeküste.«

Carlo holt tief Luft und will gerade anfangen zu erzählen, aber Trude ist schneller: »Der Jasper hatte vor zwanzig Jahren ein feines, kleines Lokal, genau hier am Ufer, wo wir heute sitzen. Das Restaurant Meeresbrise wurde erst später an dieser Stelle neu gebaut.«

Niklas sieht Trude erwartungsvoll an.

Sie macht es heute wieder spannend.

»Jasper Matthes besaß ein uraltes Rezept seiner Vorfahren, die angeblich Wikinger waren«, erklärt

Trude Niklas. »Er hatte es rahmen lassen und in seinem Speiseraum an die Wand gehängt. Später, nachdem ihm jemand gesagt hat, dass es angeblich sehr wertvoll sei, weil an dem fleckigen Papier das Blut eines berühmten Wikingeranführers klebt, hat er es in seinen Tresor eingeschlossen.«

»Was macht er denn heute, dieser Jasper?«, fragt Niklas, dem die ganze Geschichte doch nicht so spektakulär vorkommt.

Trude senkt betreten den Kopf.

»Er ist tot«, antwortet Carlo. »Der Junge hat sich umgebracht. Es ist ein Jammer. So ein begnadeter Koch und er war keine dreißig Jahre alt.«

»Man sagt, das Rezept bringt Unglück. Sobald es jemand besitzt, dauert es nicht mehr lange, bis er stirbt«, behauptet Trude mit hochrotem Gesicht.

Niklas schüttelt den Kopf. »So einen Quatsch musst du nun wirklich nicht glauben, Trudchen. Wer hat denn das Rezept nach dem Tod des Kochs geerbt?«

»Das ist es ja, angeblich war es nicht mehr im Tresor.«

»Woher willst du das denn wissen?«, mischt sich Carlo ein.

»Damals lebte mein Kurt noch«, berichtet Trude. Ihre Stimme überschlägt sich fast. »Er hatte zwei seiner Ostseegemälde in Jaspers Lokal hängen und sich diese, nachdem klar war, dass niemand das Restaurant weiterführt, abgeholt. Dabei bekam er mit, wie irgendein Historikerdoktor aus Berlin überall nach dem Rezept gesucht hat …«

»Mhm, interessant«, meint Niklas und sieht auf die

Uhr in dem Steuerrad an der Wand neben den Bistrotischen. »Trude, ich muss bald aufbrechen … wie endet denn die Geschichte?«

»Das weiß ich auch nicht. Aber ich glaube, der Neue, der Imre Westermann«, raunt sie Niklas zu, »der besitzt jetzt wahrscheinlich das alte Rezept und lebt dann auch nicht mehr lange!«

Erschrocken hält sich Trude die Hand vor den Mund.

Dann muss sie über sich selbst lachen.

Es ist doch nur ein blödes Gerücht.

3. Kapitel

Die Braut ist nicht schlecht.

Entspannt lässt sich Imre Westermann das fein dosierte Wasser über den leicht gebräunten, athletischen Körper perlen.

Kann wiederkommen, wenn sie will.

Natürlich will die.

Der fünfundvierzigjährige Wirt schaut selbstverliebt in den deckenhohen Wandspiegel gegenüber seiner exklusiven Regendusche.

Mich hat noch keine von der Bettkante geschubst.

Er lächelt breit und fährt sich mit dem Zeigefinger über seine strahlend weißen Zähne. Die neuen Beißerchen machen mich glatt zehn Jahre jünger, denkt er und beginnt, sich seine dunklen Haare kräftig einzushampoonieren.

An meine Frisur muss ich als Nächstes ran.

Seine Frau Kerstin hat erst vor Kurzem ein paar graue Strähnen entdeckt, als sie ihm mit den Fingern durch seine dichten Locken wuselte. Das war auch schon das Einzige an Körperkontakt mit ihr, woran sich Imre aus den letzten Wochen erinnern kann.

Kerstin lebt eben nur für ihre Porzellanmanufaktur.

Ich hätte es wissen müssen, als ich in die Westermann-Dynastie eingeheiratet habe.

Imre spült sich den Schaum vom Kopf.

Na, ihren Nachnamen anzunehmen hat mir nicht geschadet.

Ohne sie wäre ich nicht da, wo ich jetzt bin.

Inzwischen hat Imre, obwohl er nie den Beruf des Kochs erlernt hat, durch seine Küchenshows im Fernsehen so viel Geld verdient, dass er sich ein eigenes exklusives Restaurant mit dem Namen »Meeresbrise« eröffnen konnte.

Der Name ist so langweilig.

Aber Kerstin hat ihn ausgesucht, genauso wie das feine Geschirr.

Ich wette, in einem halben Jahr ist alles zerdeppert.

Das dünne Porzellan ist viel zu empfindlich für den täglichen Gebrauch.

Nach dem Duschen läuft Imre, mit einer Tasse Kaffee in der Hand und nur mit einem Handtuch um die Lenden gewickelt, durch das geräumige Wohn- und Esszimmer seines Strandhauses.

Wehmütig schaut er durch das verspiegelte Terrassenfenster. Von der Anhöhe, auf dem seine Reetdachvilla inmitten der Dünen steht, kann er über den Strand bis auf die Ostsee hinaussehen.

Ein paar dunklere Wolken am Himmel kündigen einen bevorstehenden Regenschauer an.

Er seufzt.

Der Herbst hat begonnen und damit die Nachsaison.

Die Tage werden allmählich kürzer, und die Temperaturen kühlen langsam ab. Zwar weht eine angenehme Brise vom Meer her und die Luft wird frischer, aber es sind auch weniger Menschen am Strand und im Ort.

Schade, dass ich die Neueröffnung nicht zum Sommeranfang hinbekommen habe.

Nun hofft Imre, dass die am nächsten Wochenende stattfindenden Hafenfesttage seinen Geschäften etwas Aufwind verleihen. Die Inneneinrichtung des exklusiven Restaurants wurde viel teurer als geplant und sein Koch hat ihn kurz vor der Eröffnung mit einer Gehaltserhöhung erpresst.

Dieser Gauner.

Aber er versteht sein Handwerk.

Ohne ihn kann ich einpacken.

Komisch, dass die Leute immer glauben, dass man selbst gut kochen kann, nur weil man Moderator eines Kochwettbewerbs ist.

Ist doch alles nur gespielt.

Imre stellt die Kaffeetasse auf dem gläsernen Couchtisch ab und läuft jetzt zurück in sein Schlafzimmer.

Er und seine Frau Kerstin haben inzwischen jeder eines. Seitdem sie ihm, weil er zu laut geschnarcht hatte, einmal so lange die Nase zuhielt, bis er einen Atemaussetzer bekam.

Kerstin ist heute für ein paar Tage zu einer Porzellan- und Geschirrmesse nach Süddeutschland gereist, da darf er sicher sein, den Nachmittag mit seiner Geliebten vollkommen ungestört genießen zu dürfen.

»Hallo, Häschen!«, ruft er der lediglich mit einem seidenen Trägerhemdchen bekleideten jungen Frau in seinem Bett zu. Doch die achtundzwanzigjährige Blondine bleibt seelenruhig auf der Seite liegen und nimmt keine Notiz von ihm. Stattdessen tippt sie ununterbrochen auf ihrem Handy herum.

»Husch, husch! Es ist gleich 15 Uhr. Ich muss bald zurück in mein Restaurant. Hoppel mal aus dem Bett, Häschen!«, bittet Imre.

Er nennt alle seine Geliebten Häschen.

Da komme ich nicht durcheinander.

Sie heißt eigentlich Julia und ist eine Studentin aus Berlin, die ein paar Tage Urlaub an der Ostsee macht.

Oder war es ein Praktikum? Vielleicht jobbt sie hier auch nur.

Ach, was interessiert es mich.

Imres Augen bleiben bereits wieder an dem faszinierenden Körper der siebzehn Jahre jüngeren Frau hängen. Erregt betrachtet er ihre sanft geschwungene Rückenlinie, die nahtlos in einen herzförmigen, glatten Po übergeht.

Die hat einen Knackarsch.

Den besten, den ich je zwischen den Fingern hatte.

Er lässt das Handtuch von seinen Lenden rutschen und legt sich zu ihr auf die Bettdecke. Julia schiebt ihr Handy beiseite und dreht ihm langsam den Kopf zu.

»Ich denke, du musst los?«, haucht sie. Ihre vollen Lippen suchen seinen Mund.

Imre küsst sie und presst sich fest an ihren nackten Hintern.

»Oh!«, juchzt sie verführerisch.

»Mein kleiner Küchenchef hat gerade Sonderwünsche«, flüstert er ihr ins Ohr und spreizt mit der Hand ihre Beine auseinander. Julia stöhnt leise. »Ich erfülle sie dir sofort«, verspricht sie, »unter einer Bedingung

…«

Plötzlich wird die Tür zum Schlafzimmer mit Schwung aufgerissen. Zwei maskierte Männer stürmen herein.

»Imre Westermann!«, brüllt der eine, während der andere den erschrockenen Wirt unsanft aus dem Bett reißt.

Julia rafft in Windeseile ihre Sachen zusammen und flüchtet an ihm vorbei aus dem Zimmer.

»Warum lässt du die laufen?«, herrscht der andere Mann seinen Kumpanen an.

»Ist nicht unser Auftrag!«, antwortet er trocken und beginnt, Imre mit einem Kabel an das Gestänge des Messingbetts festzubinden.

»Oh, sieh mal! Wie niedlich der auf einmal ist!«, lästert er und hält die Hand hoch. Zwischen seinem Daumen und der Zeigefingerspitze zeigt er grinsend, wie groß er Imres Glied einschätzt: »So klein mit Hut ist der vor Angst!«

»Was wollt ihr von mir?«, fragt der gefesselte Wirt, nachdem er seinen ersten Schock nach dem Überfall überwunden hat. Er bemüht sich die Fassung zu bewahren, aber seine Beine fangen jetzt trotzdem an zu zittern.

»Nicht, dass dir gleich einer abgeht«, prustet sein Peiniger laut los und kitzelt ihm mit dem Messer unter der Nase.

»Schönen Gruß«, raunt er ihm ins Gesicht. »Aber dieses Mal kommt der nicht aus deiner Küche, mein Freund. Wir haben nichts zu verschenken. Wir sollen dich an deine Vereinbarung erinnern. Angeblich planst du, einen Rückzieher zu machen.«

»Ich weiß nicht, wovon ihr redet. Es muss sich um

eine Verwechslung handeln«, behauptet Imre mit fester Stimme.

»Dann werden wir deinem Gedächtnis gleich ein wenig nachhelfen, mein Lieber«, droht der maskierte Mann und zieht jetzt ebenfalls ein Messer aus dem Gürtel. »Wollen wir mal sehen, wie groß deine Eier noch sind, wenn ich die geköpft habe.«

Imres dunkelblaue Augen flackern panisch, als sich der Mann über ihn beugt. Blitzschnell greift er dem wehrlosen Wirt in die nackten Hoden.

»Nein, bitte nicht!«, schreit Imre vor Schmerz und wimmert: »Ich werde alles tun, was ihr von mir verlangt.«

4. Kapitel

Hauptkommissarin Bähr klopft kurz und öffnet dann sofort die Tür zum Büro von Oberkommissar Niklas Lux.

»Gesa, komm rein!«, ruft er. »Setz dich doch.« Er zeigt auf den einzigen freien Stuhl neben seinem Schreibtisch. »Ich bin aber noch nicht fertig mit den Grafiken für den Quartalsbericht. Unsere Dienstbesprechung ist keine halbe Stunde her.«

»Deshalb komme ich nicht, Niklas. Zimmermann hat mich eben angerufen …«

»Oje!«, stöhnt Niklas. »Was wünscht denn der Herr Hauptkommissar von der Bezirkskriminalinspektion dieses Mal? Gibt es Vorschläge für neue Sparmaßnahmen oder hat er endlich vor, unsere EDV zu modernisieren?«

Gesa pustet sich eine braune Haarlocke aus der

Stirn: »Schön wär's. Nein, wir sollen beim Hafenfest Flagge zeigen.«

»Äh? Inwiefern? Dafür ist doch Iversen mit den Kollegen der Schutzpolizei zuständig«, wundert sich Niklas und speichert schnell seine halbfertigen Grafiken ab.

»So ist es«, bestätigt Gesa ihm. »Darum geht's auch nicht. Zimmermann wünscht sich, dass die Beamten in seinen Kripo-Außenstellen mehr Bürgernähe zeigen. Er hätte ein Seminar zu diesem Thema besucht und großartige Anregungen erhalten.«

Niklas zieht seine Augenbrauen zusammen. Auf der glatten Stirn des Fünfundvierzigjährigen zeigen sich drei Querfalten. Wie meistens, wenn er starke Zweifel an irgendetwas hegt. »Hat Zimmermann konkrete Vorstellungen geäußert?«, möchte er wissen.

»Ja, hat er. Weil die Schutzpolizei, genau wie die Kollegen vom Wasserschutz, beim Hafenfest mit der Sicherung der Veranstaltungen eingespannt sind, sollen wir einspringen, und zwar mit einem Stand.«

»Über die Arbeit der Kripo? Keine schlechte Idee. Wir können nicht früh genug damit anfangen, den Nachwuchs zu werben.« Niklas lehnt sich erleichtert in seinen Drehstuhl zurück.

»Leider nein«, zerstört Gesa sofort seine Hoffnung, »da wäre ich auch dafür gewesen. Zimmermann meint, die Hafenfesttage sind ein schöner Anlass, da gehören Themen wie Mord und Totschlag nicht hin.«

»Sondern?«

Gesa zögert mit der Antwort und verdreht ihre Augen.

»Ist nicht sein Ernst?«, stöhnt Niklas. »Einen Jahrmarktsstand?!«

»Erraten. So etwas wie Aale würfeln, Büchsen werfen, Lose ziehen – das schwebt ihm vor. Ein kleines Budget würde er uns zur Verfügung stellen.«

»Fragt sich nur, wie klein. Ich sehe mich schon im Supermarkt aus eigener Tasche bezahlen«, mault der Oberkommissar.

»Mit dieser Reaktion habe ich gerechnet, Niklas. Deshalb wollte ich zuerst mit dir reden. Wir werden Überzeugungsarbeit leisten müssen. Lisa und Stefan schieben einen Berg Überstunden vor sich her und Lasse darf ich als Polizeischüler nur bei Freiwilligkeit einsetzen.«

»Wie möchtest du vorgehen?«

»Ich werde gleich alle zusammentrommeln und dann checken wir mal, welche Ideen jeder so hat. Wir müssen einfach das Beste daraus machen.«

»Die Hafenfesttage beginnen, soweit ich weiß, bereits am Freitagnachmittag, also morgen.«

»Wir sollen nur am Wochenende präsent sein, meint Zimmermann.«

»Klar, am Freitag müssen wir ja arbeiten. Was ist eigentlich, wenn wir plötzlich zu einem Einsatz gerufen werden?«

»Beschreie es nicht! Das wäre fatal. Ein Verbrechen während der Hafenfesttage wirft ein schlechtes Licht auf die gesamte Küstenregion.«

Niklas lacht. »Mensch, Gesa, du klingst wie der Bürgermeister.«

»Sorry, stimmt. Ich finde es auch völlig unnötig, dass wir da mitmischen. Zumal im Ort alles vorbereitet und organisiert ist. Sobald wir ein Konzept oder zumindest eine brauchbare Idee haben, werde ich mit Jutta von der Gemeindeverwaltung reden, ob sie uns am Wochenende irgendwo dazwischenquetschen kann. Es wird nicht einfach werden. Seitdem ich ihr den Meerjungfrauen-Kostümwettbewerb wegen unserer Mordermittlungen kurzzeitig abblasen musste, ist mit ihr nicht gut Kirschen essen.«

»Soll der Zimmermann selbst mit ihr reden! Es ist schließlich sein Vorschlag.«

»Niklas! Wo lebst beziehungsweise arbeitest du denn, bitte?«

»Ach ja, hatte ich ganz vergessen. Bei der Kripo Laboe, der Außenstelle der Bezirkskriminalinspektion Kiel und zuständig für alles, was von dort angeordnet wird.«

5. Kapitel

»Leute! Nicht alle durcheinanderreden, bitte«, besänftigt Gesa ihr Team. Entgegen ihren Befürchtungen hatten Stefan und Lisa kein Problem damit, am kommenden Wochenende bei den Hafenfesttagen mit einem eigenen Stand mitzuwirken. Im Gegenteil. Die beiden überbieten sich geradezu mit immer neuen Ideen. Auch der Polizeischüler Lasse war sofort Feuer und Flamme.

»Ich hätte nicht gedacht«, meint Kriminalmeister Voß, »dass ich den Zimmermann mal für einen seiner Vorschläge loben würde.«

»Nun übertreib es mal nicht mit deiner Vorfreude, Stefan«, bremst Lisa Rückert ihren Kollegen, »wir kennen ja das Budget nicht. Bei dem Geizhals zahlen wir am Ende noch alle drauf«, befürchtet die umsichtige Kriminalobermeisterin.

Niklas, der sich bei der Diskussion bisher zurückgehalten hat, nickt zustimmend. Ihm ist die Sache auch nicht ganz geheuer.

»Also irgendetwas mit Essen verkaufen, wie Lasse vorgeschlagen hat, können wir vergessen«, sagt er. »Obwohl deine Mutter eine großartige Kuchenbäckerin ist, mein Lieber, aber dafür benötigen wir etliche Genehmigungen.«

»Klar, dass der Oberkommissar das berühmte Haar in der Suppe findet«, mault Stefan.

Gesa nimmt Niklas in Schutz. »Ich möchte bitte keine Konkurrenz zu den örtlichen Geschäften«, wirft sie ein, »wir sollten uns eine Sache ausdenken, die niemand sonst anbietet. Seid mal kreativ! Wir müssten etwas auf die Beine stellen, was auch mit uns als Kripo zu tun hat.«

»Wir könnten einen Wettbewerb im Aktenstapeln ausrufen. Unser Archiv ist voll damit«, schlägt Lasse vor.

Lisa verzieht das Gesicht. »Im Ernst jetzt? Schon mal was von Geheimhaltung gehört?«

Plötzlich klopft es an der Tür zum Großraum.

Polizeimeister Iversen von der Schutzpolizei aus dem Erdgeschoss des Dienststellengebäudes steckt den Kopf zur Tür herein.

»Moin, moin, zusammen. Wir haben einen anonymen Notruf erhalten. Im Privathaus der Westermanns soll es einen Überfall gegeben haben.«

Gesa springt vom Besprechungstisch auf. »Ist nicht wahr, Iversen? Bei den Westermanns, Kerstin und Imre Westermann? Der Porzellankönigin und dem Promiwirt?«

»Genau bei den feinen Leutchen, sag ich doch. Wir

haben uns bemüht, anzurufen. Aber die haben keinen angemeldeten Festnetzanschluss und ihre Handynummern haben mir die Herrschaften bisher nicht gegeben. In seinem Restaurant ist der Wirt nicht. Der Meister aller Kochtöpfe erscheint erst gegen 17 Uhr, wurde mir gesagt.«

»Aber wir müssen dem Hinweis nachgehen«, meint Niklas, »auch wenn er anonym war. Frauen- oder Männerstimme?«

»Schwer zu sagen. Hat absichtlich tief geklungen. Ich tippe auf eine Dame.«

Gesa überlegt kurz.

»Was ist nun?«, fragt Iversen. »Wollt ihr oder sollen wir?«

»Bei dem prominenten Paar möchte ich Aufsehen vermeiden«, antwortet Gesa. »Stellt euch vor, der Anruf war ein Scherz und wir kreuzen dort mit Blaulicht und Sirene auf. Oberkommissar Lux und ich fahren hin und sehen erst einmal nach dem Rechten. Haltet euch bitte in Bereitschaft«, bittet sie den Leiter der Schutzpolizei.

Dann wendet sie sich an Lisa und Stefan.

»Kollegen, Sie erstellen mir inzwischen eine Liste mit Vorschlägen und den Kosten. Alles klar?«

»Jawohl, Chefin!«, ruft Lasse vorlaut.

»Zu Ihnen habe ich das doch gar nicht gesagt«, lacht Gesa.

»Nicht?« Der Rotschopf schaut die Hauptkommissarin enttäuscht an.

»Natürlich, Sie auch, Lasse. Finde ich echt klasse, dass alle mitmachen«, lobt Gesa ihr Team. »Wo ist denn der Lux?«

»Wie ich ihn kenne, holt er den Spurensicherungskoffer und seine Tasche«, antwortet Stefan.

»Ja, natürlich«, Gesa haut sich mit ihrer kleinen Hand an die Stirn.

Einer muss ja 'nen kühlen Kopf bewahren in dem Chaos.

6. Kapitel

»Möchtest du fahren?«, fragt Gesa Niklas, während sie auf dem Parkplatz die Autoschlüssel für den alten, dunkelblauen Dienstopel aus ihrer Aktentasche hervorkramt.

»Nicht unbedingt«, antwortet er, »ich würde gern den neuen Beifahrersitz einweihen und prüfen, ob die Sitzeinstellung endlich funktioniert.«

»Kollege Voß hat behauptet, sie flutscht wieder einwandfrei vor und zurück. Deine Knie haben als Ohrenschützer ausgedient.«

»Na, ich bin gespannt!« Niklas lässt sich prüfend in das Polster fallen.

Huch, wie ungewohnt.

Ich spüre die ausgeleierten Federn nicht mehr.

Er stellt den Sitzabstand auf die weiteste Stufe ein und streckt zufrieden seine langen Beine aus.

»Endlich darfst du deine 1,90 m voll entfalten«, lacht Gesa und braust los.

Kein Aufsehen erregen heißt ja nicht, zu bummeln.

Hoffentlich ist dem Ehepaar Westermann nichts passiert.

»Blöd, dass wir so gar nichts wissen«, sagt sie und biegt von der Hauptstraße ab, »der anonyme Anrufer hat lediglich einen Überfall im Haus eines Promiwirts gemeldet und den Namen Westermann genannt. Mir ist aber bekannt, wo die Strandvilla steht, ich nehme daher die Abkürzung über den Dünenweg.«

»Das ist gut, dann sind wir in fünfzehn Minuten da.« Niklas scheucht eine Fliege aus dem offenen Fenster.

»Oder in zehn!«, prahlt Gesa. »Also, halt dich fest!«

Sie schnalzt mit der Zunge und tritt das Gaspedal durch, dass der Sand hinter ihr nur so hochstiebt.

»Mist, der Wagen ist frisch gewaschen«, schimpft sie.

Niklas deutet mit der Hand zum Himmel. »Es sieht nach Regen aus. Der wird den Staub wieder abspülen.«

»Wenn du es sagst … Ich hoffe, ich komme heute nicht zu spät nach Hause. Wir müssen packen. Meine Tochter Svenja fliegt morgen nach Australien.«

»In den Urlaub?«

»Nein, sie plant ein Jahr Work and Travel.«

»Wollte sie nicht im Oktober mit dem Studium beginnen?«, erinnert sich Niklas.

»Sie ist sich unsicher, welches Fach sie wählen soll, und hat es sich anders überlegt. Was soll ich machen? Svenja ist neunzehn und muss selbst wissen, was sie tut.«

»Es schadet ihr sicher nicht, noch ein bisschen erwachsener zu werden«, meint Niklas, der die Tochter seiner Chefin bereits unter dramatischen Umständen kennengelernt hat.

»Hab ich mir auch gedacht. Aber ich mache mir trotzdem Sorgen. Mein Kind – so lange und so weit weg … Verstehst du das?«

»Auf jeden Fall. Da wird es einsam bei dir im Haus.«

Gesa lacht. »Spekulierst du auf Svenjas Kinderzimmer, Niklas? Ich weiß, dass mein Schwager dir im Nacken sitzt. Du musst ausziehen. Er möchte sein Ferienhaus wieder als solches vermieten.«

»Ja, ja. Ich bin bereits dran, mir eine feste Bleibe zu suchen. Es ist nicht einfach, so schnell etwas Vernünftiges zu finden.«

»Sonst kannst du doch wieder bei Trude in dein altes Zimmer in ihrem Kapitänshäuschen einziehen …«

Niklas grinst. »Also, ich liebe Trude wirklich, aber ein wenig Privatsphäre benötige ich auch. Bei ihr kann ich keine Frau einfach mal so mit nach Hause nehmen.«

»Bist du schon wieder so weit?«, fragt Gesa leise. »Ich meine, darüber hinweg, über deine Trennung von Swantje.«

»Muss ich ja wohl. Die Auszeit wurde zur Endzeit, so wie ich befürchtet habe.«

»Ach, sie war nicht die Richtige für dich, glaube mir«, tröstet Gesa ihn. »Du wirst sehen, plötzlich, wenn du gar nicht damit rechnest, macht es Bum und deine Traumfrau steht vor dir. Ich hätte auch nicht gedacht, dass ich ausgerechnet mit Niels von Isenberg fest zusammen sein werde.«

Niklas grient in sich hinein. »Offen gestanden, ich ebenfalls nicht. Aber seit ich ihn näher kenne … seine manchmal arrogant wirkende Fassade ist reiner Selbstschutz. Ich finde, unser Doc passt perfekt zu dir, Gesa. Außerdem ziehen Gegensätze sich an, sagt man.«

»Oder aus«, kichert Gesa. Sie muss an ihr erstes Date mit dem Rechtsmediziner denken. Die beiden hatten sich auf einem Resilienz-Seminar in einem Kieler Hotel kennengelernt und der Bar-Abend endete gleich in einer gemeinsamen Nacht.

Ja, wenn es passt.

Mit einundfünfzig spürt man das.

Obwohl die Cocktails an der Bar nicht unschuldig an meinem Mut waren.

»Bei euch gab es aber am Anfang ein ganz schönes Hin und Her«, erinnert sich Niklas. »Du weißt schon, wegen seiner Lübecker Assistentin Lorena. Von Isenberg ließ ja früher auch nichts anbrennen.«

»Ph! Das sagt der Richtige!«, lästert Gesa, »›auch‹ ist genau das zutreffende Wort. Diesbezüglich kannst du dir mit Niels die Hand reichen.«

»Nein, so bin ich nicht mehr. Ich bin auf der Suche nach einer festen Partnerin.«

»Auf der Suche sind wir doch alle, wenn wir ehrlich sind. Der eine hat mehr Glück, der andere weniger. Dann dauert es eben länger. Du musst einige Frösche küssen, bevor du einen Prinzen findest, hat meine Großmutter früher zu mir gesagt, wenn mich Liebeskummer plagte.«

»Dabei hatte ich mit Swantje wirklich das Gefühl, angekommen zu sein«, antwortet Niklas traurig. »Mann, ich hatte sogar über Familie nachgedacht. Jetzt ist erst einmal Pause. Ich benötige Abstand von den Frauen, um meinen Beziehungsakku wieder aufzuladen.«

Gesa verzieht skeptisch die Mundwinkel. »Ich erinnere dich, sobald die nächste an deiner Angel hängt.«

Niklas muss lachen. »Na, mal sehen … ich habe kein Keuschheitsgelübde abgelegt«, gibt er zu.

»Wäre auch schade für die Damenwelt«, erwidert

Gesa und sieht ihn fröhlich von der Seite an.

»Achtung, Gesa!«, schreit Niklas plötzlich.

Die Hauptkommissarin reagiert geistesgegenwärtig und tritt sofort auf die Bremse.

Als der Opel steht, zittern ihre Hände und auf ihrer mit Sommersprossen übersäten Stirn bilden sich Schweißtropfen.

»Mann, das war knapp!«, stöhnt sie.

Wie aus dem Nichts war eine blonde Frau mit ihrem Fahrrad aus den Dünen hervorgeschossen und landete genau drei Meter vor ihrem Wagen im Zuckersand der unbefestigten Straße.

Niklas hat bereits die Tür aufgerissen und stürmt auf die junge Frau zu. Sie ist gleich wieder aufgestanden und dabei, ihr Fahrrad aufzuheben.

»Sind Sie verletzt?«, fragt er.

Zwei graublaue Augen schauen ihn trotzig an. »Nein, alles gut. Kann ich denn ahnen, dass hier einer mit dem Auto entlangkommt«, schimpft sie.

»Das ist eine Straße, auch wenn der Untergrund nicht danach aussieht.«

»Können Sie mal nachsehen, ob das Fahrrad heil ist«, bittet sie Niklas. »Ich habe es mir nur geliehen.«

»Alles in Ordnung«, sagt er, nachdem er den Lenker hin und her gedreht und die Festigkeit des Sattels geprüft hat. »Neuer wird der Drahtesel nicht mehr. Die Kette müsste dringend mal geschmiert werden.«

Gesa steigt jetzt auch aus. »Gott sei Dank ist nichts passiert! Können wir etwas für Sie tun?«, fragt sie die Frau.

»Nein, danke, mir geht's gut. Ich will gleich weiter, bin für ein paar Tage an der Ostsee im Urlaub und wollte die Gegend mit dem Fahrrad erkunden.«

»Dann benutzen Sie bitte die dafür vorgesehenen Wege«, sagt Gesa streng. »Das Betreten und Befahren der Dünen ist in diesem Abschnitt verboten«, ermahnt sie die Radfahrerin und wirft Niklas flehende Blicke zu.

Das Haus der Westermanns ist nur noch fünf Autominuten entfernt.

Wir müssen endlich weiter.

Sie überlegt, ob sie der Frau ihre Visitenkarte geben soll.

Aber warum?

Es war kein Unfall.

Sie ist von allein mit dem Rad gestürzt.

Mein Wagen hat sie nicht berührt.

So kurz vor dem Anwesen der Westermanns möchte sich Gesa nicht als Kriminalpolizei zu erkennen geben.

Womöglich ist die eine von den Influencern, dann stehen wir morgen im Internet.

»Auf Wiedersehen, schönen Urlaub!«, verabschiedet sie sich von ihr, »und fahren Sie demnächst etwas vorsichtiger.«

»Sie waren aber auch sehr zügig unterwegs«, wehrt sich die junge Frau und schiebt ihr Fahrrad in entgegengesetzter Fahrtrichtung an dem Opel vorbei.

Gesa reißt vor Staunen die Augen auf.

Ganz schön frech.

Die Frau hat recht, denkt Niklas.

Wir haben alle zusammen echt Glück gehabt.

Fünf Minuten später stehen Gesa und Niklas vor der reetgedeckten Strandvilla der Westermanns.

Gesa drückt auf den messingfarbenen Klingelknopf

neben der Haustür.

Imre Westermann öffnet den beiden in einem blütenweißen Oberhemd und einer sportlichen, dunkelblauen Hose.

»Sie wünschen?«, fragt er freundlich, während er sich einen goldenen Manschettenknopf in den Ärmel einfädelt.

»Guten Tag, Herr Westermann!«, grüßt Niklas, »Oberkommissar Lux von der Kriminalpolizei Laboe und das ist meine Kollegin, Hauptkommissarin Bähr.« Die beiden bleiben auf dem Treppenabsatz stehen und zeigen ihre Dienstausweise. »Bitte erschrecken Sie nicht«, meint Niklas, »es ist nichts passiert. Im Gegenteil, wir freuen uns sehr, Sie zu sehen …«

»Das tun viele«, unterbricht ihn der eitle Wirt, »möchten Sie ein Autogramm?«

Gesa blitzt ihn aus ihren grünen Augen an.

Fatzke.

Wegen dem haben wir unsere Zeit verplempert.

»Uns wurde ein Überfall auf Ihr Anwesen gemeldet. Wir wollten der Sache nachgehen«, erklärt sie kühl.

»Waaas?« Westermann bricht in schallendes Gelächter aus. »Das muss ein Scherzbold gewesen sein. Ich war den ganzen Nachmittag zu Hause und mache mich gerade für die Arbeit in meinem Restaurant fertig.«

»Und Ihre Gattin?«, will Niklas wissen.

»Die ist zu einer Porzellan-Messe nach Süddeutschland gereist.«

»Gut, dann wünschen wir Ihnen noch einen angenehmen Tag.«

»Ebenso«, erwidert Imre Westermann. »Äh und

danke, dass Sie nicht mit dem Streifenwagen hergefahren sind. Ich weiß Ihre Diskretion zu schätzen. Ihr nächster Besuch in der ›Meeresbrise‹ geht aufs Haus. Ich lade Sie ein.«

Gesa nickt versöhnlich.

Hat er es doch noch geschnallt.

»Herzlichen Dank, Herr Westermann, aber wir dürfen solche Geschenke nicht annehmen.«

»Verstehe, besuchen Sie mich trotzdem gern. Auf Wiedersehen«, sagt er und geht einen Schritt ins Haus zurück.

»Das werden wir«, verspricht Gesa ihm.

Ich war heute schon da, liegt es Niklas auf der Zunge.

Bei den Preisen warte ich mit dem nächsten Besuch auf meine Beförderung zum Hauptkommissar.

Da fällt ihm Trudes Geschichte mit dem mysteriösen Fischsuppen-Rezept ein.

Wer es besitzt, wird bald sterben.

Und schon wird ein Überfall auf den Westermann gemeldet …

Gesa stößt ihm unauffällig in die Seite.

»Wir müssen dann mal los«, sagt sie und zieht Niklas am Arm.

»Wiedersehen …«, will sie sagen, aber Imre Westermann zieht schon die Tür von innen zu und verschwindet in seiner Strandvilla.

Freitag

7. Kapitel

Julia kontrolliert noch einmal die Umgebung vor der Strandvilla der Westermanns.

Zum Glück haben die keine Überwachungskamera angebracht.

Das hatte sie gestern bereits überprüft, als sie mit dem prominenten Wirt im Haus war.

Ein wirklich attraktiver Mann.

Wobei er seine Liebeskünste reichlich überschätzt.

Während er ausgiebig geduscht hat, nahm sich Julia einen der Ersatzschlüssel aus der Flurkommode.

Imre ist sehr vertrauensselig.

Was die maskierten Kerle wohl von ihm wollten?

Den Anruf bei der Polizei hätte ich mir sparen können.

Am Abend habe ich ihn quietschvergnügt in seinem Restaurant gesehen.

Vorsichtig schließt Julia die Haustür auf und wartet einen Moment.

Die Alarmanlage soll defekt sein.

Stimmt.

Es gab schon drei Fehlalarme, hatte Imre ihr gegenüber ausgeplaudert. Ein Techniker der zuständigen Firma ist im Urlaub und der andere krank, deshalb wurde bisher nichts repariert. Julia kennt die Misere von ihrer Berliner Altbauwohnung. Ihr Vermieter stöhnt auch immer, dass er keinen Handwerker bekommt. Letzten Winter war die Heizung zwei Wochen lang ausgefallen.

Brr!

Sie schüttelt sich bei dem Gedanken und geht nun

in die Strandvilla der Westermanns hinein. Die Haustür schließt sie von innen zu und steckt sich den Schlüssel in die Gesäßtasche ihrer Jeanshose. Er passt gerade so hinein, denn die Hose sitzt knallig eng und bringt ihren hübschen Po gut zur Geltung.

Imre ist ja voll darauf abgefahren.

Wenn die blöden maskierten Kerle nicht aufgetaucht wären, hätte ich ihn mit der nächsten Nummer herumgekriegt.

Mist! Nun muss ich selbst suchen.

Wer weiß, wann ich Imre das nächste Mal allein treffen kann.

Zurzeit ist er in Kiel auf dem Großmarkt unterwegs.

Er wolle spezielle Gewürze einkaufen, hatte der Wirt Julia erklärt, als sie ihn gestern auf der Fahrt zu seiner Strandvilla fragte, ob er heute Vormittag auch Zeit für sie hat.

So geil, wie der auf mich war, hätte er mir doch keinen Korb gegeben.

Auf dem Korridor der Villa öffnet Julia die erste Tür, gleich rechter Hand vom Hauseingang.

Im Keller fange ich an.

Sie steigt eine schmale Holztreppe hinab.

Kaum ist sie ein paar Stufen hinuntergelaufen, da hört sie, wie ein Schlüssel im Schloss gedreht wird.

Imre?

»Komm rein, Häschen!«, ruft er fröhlich.

Das kann doch nicht wahr sein, denkt Julia. Der geile Bock schleppt gerade die nächste Frau mit nach Hause.

»Nenn mich bitte nicht Häschen!«, beschwert sich eine kurvige Rothaarige, die mit ihm die Strandvilla betreten hat. »Du hast gesagt, mit mir ist es etwas anderes.«

Julia stockt der Atem. Sie presst sich an die Wand und rührt sich nicht von der Stelle.

Die Stimme kenne ich.

»Ja, Pia. Entschuldige, Liebling«, säuselt Imre.

Wusste ich es doch. Es ist Pia, eine hübsche Kellnerin aus der Meeresbrise.

Julia muss grinsen.

Wahrscheinlich ist sie seine Dauergeliebte und glaubt, damit wäre sie etwas Besseres als die anderen Betthäschen des prominenten Wirts.

Frau Westermann kann einem leidtun.

Meine Art ist es eigentlich nicht, mich mit verheiraten Männern einzulassen.

Aber der gute Zweck heiligt die Mittel und der attraktive Imre kann durchaus charmant sein. Ich musste mich nicht zwingen, mit ihm ins Bett zu gehen.

Julia atmet aufgeregt.

Die Tür zum Keller hat sie nur angelehnt.

Hoffentlich fällt es Imre nicht auf.

Mist, was mache ich denn jetzt bloß?

Julia wird blass.

Und wenn er gleich in den Keller hinuntergeht?

Plötzlich knallt oben etwas an die Wand. Kurz darauf erklingen rhythmische, klatschende Geräusche.

Vom Flur her vernimmt Julia deutlich ein lautes Keuchen und Stöhnen.

Nicht zu fassen!

Die beiden treiben es im Stehen, vermutet sie. Für den athletischen Imre kein Problem und Pia ist eine kurvige, aber zierliche Person, da werden die zwei ihren Spaß haben.

Julia spitzt die Ohren.

Holla! Gerade geht's richtig ab.

Imres Keuchen wird immer lauter und schneller und die Kellnerin Pia stößt einen lustvollen Schrei nach dem anderen aus.

Nichts wie weg hier.

Die sind bald fertig.

Vorsichtig schleicht sich Julia die Treppe weiter hinunter.

Ich muss endlich nachschauen, wo ich mich am besten verstecken kann.

8. Kapitel

»Möchtest du Champagner?«, fragt Imre Pia, während er seinen in rotem Retro-Design gehaltenen Kühlschrank öffnet.

»Nein, danke, ich habe ja mittags Dienst in der Meeresbrise.«

Imre greift nach einer Flasche mit teurem italienischem Wasser. »Ich trinke jetzt auch lieber Wasser«, meint er erschöpft. Seine dunkelbraunen, fast schon schwarzen Locken kleben verschwitzt an seinem Kopf.

Er nimmt zwei Kristallgläser aus der verspiegelten Vitrine und gießt sich und Pia etwas zum Trinken ein. Imre atmet schwer, sein Puls ist immer noch am Anschlag.

Scheiß Asthma.

Pia streichelt ihm den Arm. Sie ist vollkommen entkleidet. Ihre Sachen liegen verstreut im Flur der Strandvilla herum.

»Du hast wieder alles gegeben, mein Schatz«, seufzt sie, »deine Ausdauer ist bewundernswert«, lobt ihn die

Dreißigjährige.

Imre, der hochrot im Gesicht und nur mit einer Boxershorts bekleidet auf dem Küchenstuhl sitzt, nickt zufrieden.

Sie muss ja nicht erfahren, dass ich mit den kleinen blauen Pillen nachhelfe.

Schließlich habe ich einen Ruf zu verteidigen.

Prüfend fasst er sich an seine Lendenwirbel. Ein dumpfer Schmerz breitet sich aus.

Verdammter Mist!

Die Nummer im Stehen ist mir tatsächlich ins Kreuz geschossen.

Die Weiber machen mich fertig.

Oder meine Sexsucht.

Egal, das läuft ja aufs Gleiche hinaus.

»Ding Dong!« Die Haustürklingel reißt Imre aus seinen Gedanken.

»Wer ist das denn jetzt?«, schimpft er. »Häs…, äh Pia, hol mal flink deine Klamotten aus dem Flur und geh ins Badezimmer.«

Pia saust los und Imre erhebt sich langsam von seinem Stuhl.

Autsch! Der Rücken.

Er versucht ein paar streckende Bewegungen, dann schleicht er zur Tür.

»Ach, du bist es, Volker!«, begrüßt Imre seinen Schwager mürrisch. »Was führt dich so früh am Tag zu mir?«

Wahrscheinlich Geldsorgen.

Er weiß, dass Kerstin verreist ist.

Sie gibt ihm ja nichts mehr.

Volker schaut ihn bittend an: »Willst du mich nicht wenigstens ins Haus lassen?«

»Natürlich, nun komm schon rein!«

»Ich bleibe auch nicht lange.«

»Gut, ich bin nämlich nicht allein.«

Volker versteht sofort, was Imre meint. »Auf mich kannst du dich verlassen, Alter«, verspricht er, »wir Männer müssen doch zusammenhalten.«

Imre legt seinem Schwager den Arm um die Schultern: »Dann lass uns runter in die Bar gehen, da sind wir ungestört.« Er schaut auf den Leinenbeutel in Volkers Hand. »Du bist sicher nicht gekommen, um mir frische Brötchen zu bringen«, sagt er freundlich.

»Nein, aber wenn du willst, lasse ich sie dir hier.«

»Nicht nötig!«, erklärt Imre, während die Männer die Kellertreppe hinunterlaufen. »So leicht bin ich nicht zu bestechen.«

»Ich will kein Geld von dir!«, versichert Volker. »Dieses Mal bringe ich dir quasi welches. Ich möchte dir ein megageiles Geschäft vorschlagen.«

Imre verdreht seine dunkelblauen Augen.

Bloß nicht.

Was sein Schwager Volker anfasst, wird leider nicht zu Gold, sondern zerrinnt ihm schneller zwischen den Fingern als der weiße Dünensand vor Imres Strandvilla. Der fünfzigjährige Bruder seiner Frau Kerstin hatte sich schon vor zwanzig Jahren sein Firmenerbe auszahlen lassen, um auf eigenen Beinen zu stehen. Das Porzellan-Geschäft hatte den quirligen Blondschopf nie interessiert. Er bevorzugte schnelles Geld mit Aktien und Immobilienfonds. Nach kurzer Zeit hatte er an der Börse eine Million verspekuliert. Der Rest ging für seinen luxuriösen Lebenswandel drauf, denn der eingefleischte Junggeselle leistete sich kostspielige Escort-Girls, um bei den Geschäftspartnern

Eindruck zu schinden. Seit zwei Jahren ist es ruhiger um das schwarze Schaf der Familie Westermann geworden. Volker hat mit einem Darlehen von seiner Schwester einen Getränkehandel in Kiel hochgezogen, der ihn finanziell so leidlich über Wasser hält.

»Setzen wir uns doch!«, fordert Imre ihn auf und zeigt auf die mit Zebrafell-Imitaten bezogenen Barhocker. Nachdem die beiden an einem aus hochwertigem Kirschbaumholz gefertigten Tresen Platz genommen haben, gießt Imre sich und seinem Schwager einen Whisky ein.

Ich muss meinen Rückenschmerz betäuben.

»Was willst du, Volker?«, fragt er. »Spuck es aus und eiere nicht lange herum!«

»Ich möchte die Meeresbrise in Zukunft mit Wein beliefern.«

»Von deinem Getränkehandel?« Imre bekommt einen Lachanfall. Dann schüttelt er den Kopf. »Tut mir leid. Das Zeug kann ich meinen anspruchsvollen Gästen nicht anbieten.«

»Es handelt sich um exklusive französische Rotweine.« Volker zählt ein paar namhafte Marken auf.

»Wie soll das funktionieren?«, lästert Imre. »Um die nach dem Einkauf gewinnbringend abzusetzen, musst du mit sehr großen Mengen handeln …«

»Ich habe da so meine Verbindungen nach Spanien.«

»Sprachst du nicht von französischen Weinen? Oder habe ich es mit den Ohren?« Imre schenkt sich Whisky nach.

Volker hält sein Glas zu. »Für mich bitte nicht mehr, ich bin mit dem Wagen da.« Er macht eine abwertende Handbewegung. »Französisch oder spanisch«, höhnt er, »der Geschmack ist doch größtenteils Einbildung und der hohe Preis lediglich das Ergebnis einer ausgeklügelten und jahrzehntelangen Werbestrategie.«

Imre sieht ihn staunend an.

Das sagt der Richtige.

Volker trinkt Wein aus dem Discounter und will nun mit Flaschen für über fünfzig Euro im Einkaufspreis handeln, denkt Imre. Wann wird der acht Jahre ältere Bruder seiner Frau endlich erwachsen?

»Übernimm dich nicht, Volker!«, warnt er seinen Schwager. »Noch einmal hilft dir Kerstin nicht aus der Patsche und ich bin selbst ein wenig klamm. Die Meeresbrise hat Ebbe auf meinem Bankkonto bewirkt.«

»Siehst du!« Volker schöpft neuen Mut. »Du brauchst das Geld.«

»So habe ich es nicht gesagt«, widerspricht Imre. »Legal ist mit teuren Weinen kein lukratives Geschäft zu machen. Glaube mir, ich habe da Erfahrung.«

»Weiß ich«, nuschelt Volker und grinst Imre an.

»Was weißt du?« Imre wirft ihm einen giftigen Blick zu. »Nichts weißt du!«

Ich schmeiße den Kerl gleich hinaus.

»Mein Leben lang habe ich hart für den Erfolg gearbeitet …«

»Mir kommen gleich die Tränen«, lästert sein Schwager. »Überleg es dir, Imre! Ich liefere dir erstklassige spanische Rotweine, nur dass die einen Umweg über Frankreich gemacht haben, um dort das passende Etikett zu erhalten, damit auch der letzte Geldsack in deinem Luxusschuppen sein Geld zum

Fenster rauswerfen kann. Wir machen halbe-halbe. Win-win ohne Risiko!« Volkers kleine, grüne Augen leuchten im gedämpften Barlicht.

Imre hat Mühe, ruhig zu bleiben.

»Schlägst du mir gerade einen Etikettenschwindel vor?«, faucht er seinen Schwager an. »Bist du von allen guten Geistern verlassen? Ich verliere meine Konzession, wenn das herauskommt! Von meinem guten Ruf ganz zu schweigen.«

Doch Volker lässt nicht locker. »Um deinen Ruf bin ich ebenfalls besorgt, mein Lieber. Tu bitte nicht so scheinheilig!«, trumpft er auf. »Ich weiß mehr über dich, als du denkst. Überlege dir mein Angebot gut. Es ist nur zu deinem Besten.«

»Raus jetzt!«, brüllt Imre und gießt sich sein Whiskyglas randvoll. »Du kennst ja den Weg.« Dann kippt er sich den Schnaps in einem Zug hinunter.

Volker steht wortlos auf und verlässt die Bar.

Zwei Minuten später schleicht Imre mit gesenktem Kopf hinterher.

Julia, die alles aus ihrem Versteck hinter dem Vorhang zum Billardzimmer mit angehört hat, atmet auf.

Das ist gerade noch einmal gut gegangen.

Jetzt muss ich nur noch einen passenden Zeitpunkt finden, um aus diesem verdammten Haus zu verschwinden.

9. Kapitel

Gesa reibt sich ihre müden Augen. Sie stützt die Ellenbogen auf den Schreibtisch und starrt auf den Bildschirm ihres Computers.

Irgendwie kann ich mich heute schlecht konzentrieren.

Der Abschied von ihrer Tochter Svenja ist der Hauptkommissarin sehr schwergefallen.

Noch nie waren wir so lange Zeit über getrennt.

Gesa hat ihr einziges Kind allein großgezogen, nachdem Svenjas Vater, Adrian, bevor sie überhaupt wusste, dass sie von ihm schwanger war, spurlos verschwand.

Nach wie vor findet sich kein Lebenszeichen des umtriebigen Seemanns. Gesas Nachforschungen im letzten halben Jahr waren vergeblich, obwohl sie sich größte Mühe gab. Sie hatte es Svenja versprochen, nachdem deren Suche auf eigene Faust im Frühjahr dieses Jahres beinahe in einer Katastrophe endete.

Hoffentlich macht Svenja in Australien nicht wieder irgendwelche unüberlegten Sachen.

Zum Glück ist sie gemeinsam mit ihrer Freundin Birte unterwegs. Die ist ein paar Jahre älter und scheint mir vernünftiger zu sein.

Schade nur, dass ihre Eltern nicht mit zum Flughafen wollten.

Svenja bat ihre Mutter deshalb, sie ebenfalls nicht nach Hamburg zu begleiten.

Mein Kind hielt es für affig.

Sie sei kein Baby mehr.

Gesa seufzt laut und schnäuzt in ihr Taschentuch.

Svenja fällt die Trennung schwerer, als sie zugibt.

Außerdem hasst sie lange Verabschiedungen.

Schade, dass sie die Hafenfesttage jetzt verpasst.

Traurig blättert Gesa in einer Akte auf ihrem Schreibtisch.

Darin sind die Vorschläge und Kosten für ihren geplanten Stand aufgeführt.

Alles für die Katz!

Jutta Petersen von der Gemeindeverwaltung hat behauptet, nicht einen Quadratzentimeter Standfläche frei zu haben, und außerdem müsste die Kieler Behörde mehrere hundert Euro Gebühr zahlen. Das war Hauptkommissar Zimmermann dann doch zu viel an Aufwendungen.

Gesa klappt die Unterlagen zu.

Was soll's.

Ich habe ja keine Langeweile.

Zumal Karin endlich wieder im Lande ist.

Dr. Karin Rose, Gesas Freundin und langjährige Pathologin in der Kieler Rechtsmedizin, hatte für ihre Weltreise ein Sabbatjahr genommen und ist vor ein paar Tagen von ihrem letzten Aufenthalt auf Gran Canaria zurückgekehrt.

Bisher wurde sie von dem Lübecker Dr. Niels von Isenberg vertreten. Gesa und er sind in dieser Zeit ein Paar geworden.

Obwohl sie die Ankunft ihrer Freundin immer herbeigesehnt hat, bedauerte Gesa, dass ihr Freund dann nach Lübeck zurückmuss. Aber es sollte anders kommen: Die schnell entschlossene Karin hat, seit sie zu Hause ist, schon wieder umdisponiert und sich zu einem Weiterbildungsjahr bei dem berühmten Rechtsmediziner, Professor Baum, in Hamburg angemeldet. Sie plant, erst einmal dort zu arbeiten.

Niels wird also weiterhin unser zuständiger Pathologe bleiben.

Jetzt, wo Svenja weg ist, werden wir uns bestimmt öfter sehen.

Gesas Handy klingelt.

Sie schaut auf das Display.

Karin?

»Hallo, Gesa!«, meldet sich ihre Freundin. »Du, entschuldige, wenn ich dich mitten im Dienst störe.«

»Ist schon okay. Ich mache eh gleich Mittag. Ist nicht viel los heute und ich benötige mal frische Luft.«

»Gesa, stell dir vor, was mir passiert ist! Der Professor Baum hatte meinen Nachnamen mit dem eines anderen Kandidaten verwechselt. Ein Karsten Lose erhält nun den Zuschlag für den Weiterbildungsplatz.«

»Das musst du dir nicht gefallen lassen! Du hattest eine mündliche Zusage.«

»Ich weiß. Aber was soll ich in Hamburg, wenn ich dort nicht erwünscht bin? Meine Stelle in der Kieler Rechtsmedizin ist mir sicher. Der Vertrag mit Professor Baum war noch nicht unterschrieben. Der sollte mir zugeschickt werden … Seine Sekretärin hat fälschlicherweise mich angerufen. Sie hatte Rose statt Lose verstanden.«

»Mhm«, meint Gesa, »was für ein Durcheinander. Klingt wenig vertrauenserweckend. Hoffentlich verwechseln die in Hamburg ihre Leichen nicht.«

»Ach, Irren ist menschlich«, lacht Karin.

»Sagte der Igel und stieg von der Drahtbürste«, lästert Gesa, »für Niels ändert sich dann ja schon wieder alles.«

Karin räuspert sich: »Ja, das tut mir leid. Als kleine Entschuldigung für das Hin und Her, auch wenn es nicht von mir fabriziert wurde, lade ich euch heute Abend in die Meeresbrise ein. Das neue Gourmetrestaurant in Laboe soll einsame Spitze sein. Es war nicht leicht, so kurzfristig einen Tisch zu reservieren.

Zu 19 Uhr habe ich noch einen ergattert.«

Gesa atmet tief durch.

Karin und ihre spontanen Aktionen.

Hoffentlich hat Niels überhaupt Zeit.

Dass sie nun doch in Kiel arbeitet, soll sie ihm lieber selbst sagen.

»Ich bin zwar hundemüde, aber den ersten Abend ohne Svenja verbringe ich gern in Gesellschaft«, meint Gesa. »Weiß Niels schon, dass du doch in Kiel bleibst?«

»Eigentlich hätte er gar nicht wissen können, dass ich eventuell gleich wieder ein Jahr weg bin. Also, ihm bin ich da keine Rechenschaft schuldig. Es war ein schwebendes Bewerbungsverfahren, von dem ich dir erzählt habe und weil er dein Freund ist, ihm ebenfalls. Damit er weiß, was vielleicht auf ihn zukommt.«

»Na ja«, wirft Gesa zögernd ein, »er hatte schon fest damit gerechnet, glaube ich.«

Für Karin ist immer alles so einfach.

»Bitte informiere du ihn, bevor wir gemeinsam zu Abend essen«, bittet Gesa ihre Freundin. »Ich möchte nicht, dass miese Stimmung aufkommt. Niels ist manchmal etwas impulsiv.«

»Okay, das tue ich. Ich schreibe ihm gleich eine E-Mail oder rufe ihn an. Mal schauen, ob ich ihn persönlich erreiche.«

»Gut, Karin. Dann sehen wir uns später. Ich bin schon sehr gespannt, was du so von deiner Reise berichtest.«

»Da gibt es allerhand. Eine Sache, die bereitet mir wirklich Kopfzerbrechen …«

»Bitte lass ihn heil bis heute Abend«, frotzelt Gesa, »dann kannst du in Ruhe berichten. Ich muss jetzt kurz nach vorn zu den Kollegen und anschließend endlich raus an die Luft.«

»Okay. Tschüs, Gesa! Ich freue mich, dich wieder in die Arme zu schließen.«

»Und ich erst! Drücke dich«, antwortet Gesa und legt auf.

10. Kapitel

Geschafft!

Jetzt hat sich ausgezahlt, dass ich mich früher jahrelang im Turnverein gequält habe.

Julia zieht ihr linkes Bein aus der schmalen Kellerfensteröffnung heraus und schleicht dann, geschmeidig wie eine Katze, an der Hauswand der abgelegenen Strandvilla entlang. Dicht gewachsene Heckenrosen bieten ihr ausreichend Sichtschutz. Gerade als sie sich durch eine Staude mannshohen Strandhafer schlängeln will, um auf der anderen Seite des Weges ihr Fahrrad aus den Dünen zu holen, sieht sie eine junge Frau auf die Reetdachvilla der Westermanns zusteuern.

Eilig geht Julia drei Schritte zurück und presst ihren schlanken Körper unter den Dachvorsprung.

Der Imre hat einen Verschleiß.

Pia ist doch gerade erst aus dem Haus.

Die neue Frau bleibt jetzt auf dem Treppenabsatz vor der Haustür stehen. Sie klingelt mehrmals und wartet.

Neugierig beobachtet Julia das Geschehen aus ihrem Versteck.

Die ist in meinem Alter.

Aber sie ist sehr groß, fast schon schlaksig.

Meine Güte! Strickjacke mit Blumenmuster und Jeanskleid.

Bisschen zu sehr Hippie-Style – ihre Klamotten.

Aber sie ist auch langhaarig und blond.

Scheint, bis auf die rothaarige Pia, sein Beuteschema zu sein.

Nun mach schon auf, Imre! Ich weiß, dass du da bist.

Julias Beine kribbeln, ihr ist der rechte Fuß eingeschlafen.

Wann komme ich hier endlich weg?

Nun wird die Haustür doch noch geöffnet. Imre Westermann erscheint in einem weißen Bademantel.

»Guten Tag, Herr Westermann!«, begrüßt ihn die Besucherin. »Ich muss Sie dringend sprechen.«

»Tut mir leid. Sie kommen ungelegen. Außerdem empfange ich privat keine Fanbesuche«, entschuldigt sich Imre höflich. »Bitte wenden Sie sich an die Pressestelle meiner Agentur. Autogrammkarten erhalten Sie auf dem schnellsten Wege in meinem neuen Restaurant, der Meeresbrise.«

»Es handelt sich um etwas Privates. Wir müssen dringend reden«, flüstert die Frau.

Julia hat Mühe, ihre Worte richtig zu verstehen.

Imre schüttelt den Kopf und weist ihr mit dem Arm den Weg.

»Ich wüsste nicht worüber«, sagt er kühl.

Nun wird die Unbekannte lauter: »Sie müssen mir helfen!«, fordert sie, »Sie können das, Herr Westermann! Sie sind reich und berühmt. Wir dagegen haben alles verloren.«

»Das bedaure ich wirklich außerordentlich«, erwidert Imre, aber Julia merkt an seiner Stimmlage, wie genervt er ist. »Welches Schicksal Sie auch ertragen müssen«, fährt Imre in zerknirschtem Ton fort, »ich bin nicht das Sozialamt und über meinen Reichtum kursieren nichts als fantasievolle Gerüchte, die mit der Wirklichkeit so gar nichts gemein haben. Bitte gehen Sie!«

»Nein!«, antwortet die junge Frau mit einer Bestimmtheit, die Julia zusammenzucken lässt. »Ich werde nicht eher von der Treppe weichen, bis Sie mir zugehört haben.«

Imre stöhnt. »Wie Sie wollen«, sagt er.

Dann schlägt er ihr urplötzlich die Tür vor der Nase zu.

Na bitte, geht doch, denkt Julia.

Was lässt du dich so lange von der vollquatschen.

Sie wartet noch einen Moment, bis die Fremde gegangen ist, und läuft dann in gebückter Haltung durch die Dünen zu ihrem Fahrrad.

Julia spürt Imres Haustürschlüssel in ihrer Gesäßtasche.

Ich muss es heute Abend noch einmal versuchen, wenn er in seinem Restaurant ist.

Das ist meine letzte Chance.

11. Kapitel

Gesa wartet in der »Meeresbrise« an dem von Karin reservierten Tisch vor dem großen Panoramafenster. An der Scheibe kleben ein paar braune Eichenblätter. Der auffrischende Wind hat das Laub hochgewirbelt. Grübelnd blickt Gesa hinaus auf die vom Herbststurm aufgewühlte Ostsee. Ihre Augen flackern nervös.

Sie sorgt sich um ihren Freund Niels von Isenberg.

Als ich mit ihm vor einer Stunde telefoniert habe, wusste er noch nichts. Er sollte Karin ja mit seinem Wagen abholen.

Die beiden müssen jeden Moment ankommen.

Punkt 19 Uhr betreten Gesas Freunde Niels von Isenberg und Karin Rose das neue Gourmetrestaurant.

Gesa beobachtet, wie sie ihre Mäntel an der Garderobe abgeben. An Niels Gesichtsausdruck erkennt sie, dass Karin ihm eben erst gebeichtet haben muss, dass er seine Stelle in der Kieler Rechtsmedizin doch nicht ein Jahr verlängern darf.

Na, der Abend kann ja heiter werden.

Karin stürmt auf Gesa zu.

»Endlich!«, ruft sie. »Was habe ich dich vermisst!«

Die beiden Freundinnen liegen sich in den Armen.

Als sich Gesa Minuten später aus Karins Umklammerung gelöst hat, will sie Niels begrüßen, aber er küsst sie nur flüchtig auf die Stirn und setzt sich, ohne ein Wort zu sagen, auf den Stuhl neben ihr.

Karin nimmt den Fensterplatz gegenüber von Gesa.

»Nun schlagt mal ordentlich zu!«, fordert sie die beiden auf und reicht die Menükarte über den Tisch. »Ihr seid meine Gäste. Ich freue mich so!« Sie wirft Dr. von Isenberg einen entschuldigenden Blick zu. »Bitte, Niels! Mir tut es doch auch leid. Ein Gläschen Champagner zur Versöhnung?«

Niels schaut aus dem Fenster.

Als ob es damit getan wäre.

Gesa stößt ihn an.

»Niels!«, zischt sie. »Karin kann doch nichts dafür. Nun verdirb uns nicht den schönen Abend!«

Ihr Freund ringt um Fassung. Er presst seine

schlanken Finger unter dem Tisch zusammen, dass sie schmerzen.

Welcher schöne Abend?

Von Isenberg ärgert sich.

Er ist hochrot im Gesicht, was bei seinen weißblonden kurzen Haaren besonders stark auffällt.

Hoffentlich dimmen die das Licht bald mal.

Die Beleuchtung ist ja schlimmer als in einem Bahnhofsrestaurant.

Der Wirt und Inhaber der Meeresbrise, Imre Westermann, nähert sich dem Tisch der drei. Er trägt einen frisch gebügelten, grauen Kochanzug, auf dem nicht ein einziger kleiner Fleck oder Fettspritzer zu sehen ist.

»Guten Abend, die Herrschaften!«, sagt er und hebt sofort abwehrend die Hände hoch, als Karin aufstehen will, um ihn zu begrüßen. »Bitte! Bleiben Sie doch sitzen. Ich freue mich, dass die Kommissarin meiner Einladung so schnell gefolgt ist.«

Karin räuspert sich verwundert.

Ach so?

»Nein, nein!«, stellt Gesa verärgert klar. »Wir sind privat hier, Herr Westermann! Auf Einladung meiner Freundin.«

Angeber.

Warum ist der nicht in seiner Küche?

Man munkelt, er könne gar nicht richtig kochen.

»Vielleicht können Sie uns etwas empfehlen?«, fragt Karin.

»Oh, das ist schwierig«, säuselt Imre. »Wir sind ja mit unseren Speisen sehr breit aufgestellt. Bevorzugen Sie denn Fisch oder lieber Fleisch, vielleicht auch eher vegetarisches Essen? Wir hätten da einige ausgefallene Kreationen …«

»Fisch. Wir essen alle drei gern Fisch«, unterbricht Gesa den Wirt.

Ihr Freund Niels nickt nur widerwillig.

Aber erst, seit ich mit dir zusammen bin.

»Ich werde heute eine Ausnahme machen und das Rib-Eye-Steak probieren«, sagt er trotzig. »Schön blutig, bitte.«

Karin schüttelt sich.

Imre Westermann winkt eine Kellnerin heran. »Die Herrschaften wählen gerade und benötigen Beratung. Bitte kümmere dich! Ich muss zurück in die Küche.«

Hier ist ja eine miese Stimmung am Tisch.

Da mische ich mich lieber nicht ein.

12. Kapitel

Zwei Stunden später bittet Karin die Kellnerin um die Rechnung.

»Es tut mir wirklich leid, Gesa, dass der Abend so verlaufen ist«, sagt sie, während Niels von Isenberg die Toilette aufsucht. »Niels ist echt sauer.«

»Der schnappt auch wieder aus. Ich habe dich ja gewarnt, dass er etwas impulsiv ist.« Gesa lächelt verschmitzt. »Sein Temperament hat eben nicht nur Vorteile. Du hättest ihn vorwarnen müssen.«

»Ich habe ihn aber vorher nicht erreicht«, entschuldigt sich Karin. »Eine E-Mail zu schreiben hielt ich für unanständig. Deshalb habe ich es Niels erst auf der Fahrt von Kiel nach Laboe beichten können …«

Karin tupft sich mit der Serviette ein paar Schweißperlen von der Stirn. Sie greift nach Gesas Hand. »Danke, dass du mir nicht böse bist. Ich hoffe, es hat euch wenigstens geschmeckt.«

»Ja, das hat es, Karin. Ich fand nur den Imre Westermann etwas zu aufdringlich. Der ist ja ständig um die Tische geschwirrt. Man konnte sich kaum ungestört unterhalten.«

»Das ist mir auch aufgefallen. Darf ich dich morgen noch einmal anrufen, wegen der Sache auf Gran Canaria? Wir haben unser Gespräch ja nicht zu Ende geführt. Ich wollte vermeiden, dass Niels sich noch mehr mit uns langweilt«, seufzt Karin und sieht verträumt aus dem Fenster.

Sie ist schon etwas weinselig, stellt Gesa fest.

Als ob die auf der spanischen Insel keine Polizei haben.

Karin übertreibt es manchmal mit ihrem Helfersyndrom.

Na, als sechzigjährige Singlefrau hat sie die Zeit.

Niels von Isenberg kehrt an den Tisch zurück.

»Ich warte draußen auf dem Parkplatz an meinem Wagen auf euch«, sagt er kurz angebunden, »ich brauche frische Luft.«

»Du musst mich nicht nach Hause fahren«, antwortet Gesa, »ich bin selbst mit dem Auto da.«

»Ach ja, stimmt«, Niels beugt sich zu ihr hinunter und küsst sie auf die Wange. »Dann sag ich dir schon einmal tschüs, bis bald wieder!«

Gesa versucht, ihn umzustimmen: »Nun warte mal, bitte! Wir können gemeinsam das Lokal verlassen. Karin zahlt doch jetzt.«

Doch Niels schüttelt nur wortlos mit dem Kopf und geht, als die Kellnerin die Rechnung bringt.

Karin setzt ihre Brille auf und prüft die Positionen.

»Das war ein günstiger Abend mit euch«, meint sie übertrieben fröhlich, während sie ihre Brieftasche zückt. »Außer mir hat niemand von dem leckeren Weißwein getrunken. Ich glaube, ich habe schon einen kleinen Schwips.«

13. Kapitel

Niels von Isenberg lehnt mit dem Rücken an seinem BMW und starrt in den sternenklaren Abendhimmel.

Ihm ist kalt, er hat seine Jacke bereits in den Kofferraum gelegt.

Wenn Karin nicht bald auftaucht, setze ich mich ins Auto.

Hoffentlich hält sie während der Fahrt die Klappe.

Sie hat ja ordentlich viel Wein getrunken.

Ach, da kommt sie endlich anstolziert.

»Niels! Es kann losgehen!«, ruft Karin und winkt mit ihrer Handtasche. Niels hält ihr die Beifahrertür auf.

»Danke, du bist der vollendete Gentleman und hoffentlich nicht mehr böse«, nuschelt sie leicht beschwipst.

»Hör bitte endlich auf!«, faucht Niels Gesas Freundin an. »Ich kann es nicht mehr hören.«

Karin hält sich erschrocken die Hand vor den Mund.

»Sorry! Ich schweige die Fahrt über, wenn du es möchtest.«

Schön wär's.

Niels fährt mit Schwung aus der Parklücke und gibt sofort Gas.

»Nicht so schnell. Es sind noch Spaziergänger auf der Strandpromenade unterwegs.«

»Ja, ja. Ist schon gut«, erwidert Niels und drosselt sein Fahrtempo.

Ich muss mich zusammenreißen.

Aber wie, wenn gerade ein Traum zerplatzt ist.

Svenja ist ein Jahr in Australien, das wäre die Gelegenheit gewesen, um probehalber zu Gesa zu ziehen.

Ich wollte sie am Wochenende fragen.

Aber wenn ich jeden Tag nach Lübeck muss, kann ich das vergessen.

Karin schaut Niels vorsichtig von der Seite an.

»Du musst mich nachher nicht bis vor die Haustür fahren. Lass mich einfach am Schifffahrtsmuseum raus. Ich werde mir ein wenig am Wasser die Beine vertreten.«

Umso besser, denkt Niels.

Ich bin froh, wenn ich die für heute los bin.

»Wie du möchtest, Karin«, sagt er.

Den Rest der Fahrt schweigen beide.

In Kiel regnet es inzwischen stark, sodass die Scheibenwischer es kaum schaffen, die Frontscheibe freizuhalten.

Niels ist genervt.

Der Wagen hinter mir fährt viel zu dicht auf.

»So, wir sind da«, sagt er erleichtert, als er vor der historischen Fischhalle mit dem Schifffahrtsmuseum hält. »Der Regen hat zum Glück auch gerade aufgehört.«

Niels reißt die Wagentür an seiner Seite auf. »Warte«, bittet er Karin, »ich lasse dich raus, sonst gerätst du mit deinen Absatzschuhen in die Pfütze. Ich kann hier nicht weiter an den Bordstein heranfahren. Ist ohnehin Halteverbot. Also beeil dich bitte beim Aussteigen!«

Er läuft um das Fahrzeug und öffnet Karin die Beifahrertür. Dann hält er ihr seinen Arm hin.

»Nun mach mal einen großen Schritt!«, sagt er mürrisch.

Karin schwingt ihre Beine etwas ungeschickt aus dem Auto und muss sich an Niels festklammern, um nicht hinzufallen. Dabei reißt sie ihm versehentlich einen Knopf von seinem Oberhemd ab.

»Oh, entschuldige, bitte!«

Niels verdreht die Augen.

Die Frau macht mich wahnsinnig.

Ich will nur noch nach Hause.

Bevor ich mich vergesse.

Er springt sofort in seinen schwarzen BMW zurück und gibt Gas.

»Nochmals vielen Dank und trotzdem einen angenehmen Abend«, ruft ihm Karin zum Abschied hinterher, obwohl sie weiß, dass er sie nicht hören kann.

Wo will er denn hin?, wundert sie sich, als Niels in die nächste Seitenstraße abbiegt.

Zu seiner Wohnung geht es doch in die andere Richtung.

Im Licht der Straßenlaterne sieht Karin etwas auf dem Gehsteig blitzen.

Ein Perlmuttknopf.

Von Niels' Hemd.

Sie bückt sich danach und steckt den Knopf in ein kleines Reißverschlussfach an ihrer Handtasche. Dann läuft sie ein paar Schritte die Mole entlang.

Herrlich, diese frische Luft nach dem Regen.

Karin beugt sich über das Geländer und schaut auf

das dunkel glitzernde Wasser im Hafenbecken. Zwei Möwen zanken sich dort um ein aufgequollenes Brötchen, das an der Wasseroberfläche schwimmt.

Irgendwann kommt alles wieder nach oben.

Die erfahrene Pathologin muss über sich selbst lachen.

Warum denke ich ausgerechnet jetzt an Wasserleichen?

Ist es die Anspannung?

Nächste Woche bin ich zurück in meinem alten Revier.

Auf Friedhelm freue ich mich besonders.

Was werden wir beide philosophieren.

Hoffentlich ist ihr langjähriger Assistent mit Niels' Art gut klargekommen, denkt Karin. In Gedanken ist sie schon wieder bei ihrer Arbeit in der Rechtsmedizin und bemerkt nicht, wie sich von hinten jemand nähert.

Als sie sich umdreht, ist es zu spät.

Das Letzte, was Karin wahrnimmt, ist ein beißender Chloroform-Geruch vor ihrem Gesicht. Dann schwinden ihr die Sinne und das Bewusstsein.

Im Hafenbecken platscht es einmal kräftig.

Die beiden Möwen lassen vor Schreck ihre Beute fallen und steigen kreischend in den Nachthimmel auf.

Samstag

14. Kapitel

Hilfe, die Musik schallt von allen Seiten!

Am liebsten würde sich Julia die Ohren zuhalten. Links das kleine Kinderkarussell, rechts die Losbude und dazwischen ein Biergarten mit Livemusik.

Das ist ja kaum auszuhalten.

Den zahlreichen Besuchern auf dem Laboer Hafenfest scheint der Lärm nichts auszumachen. Lachend schlendern diese an Julia vorbei und erzählen ausgelassen. Zwei kleine Jungen, die sich mit Wasserpistolen jagen, laufen ihr direkt vor die Füße.

»Passt mal besser auf!«, schimpft sie und läuft weiter. Ihre Augen streifen suchend über die Rosengarten-Festwiese.

Irgendwo muss Imre doch zu finden sein.

Der prominente Wirt betreut seinen Fischbrötchenstand persönlich und zur Krönung veranstaltet er mittags ein Wettessen.

Ach, da ist ja sein Stand.

Ganz hinten in die Ecke hat er sich mit seinen Luxus-Fischbrötchen verkrochen – zwischen dem Enten-Angeln und dem Zuckerwattestand.

Komisch.

Julia hätte Imre eher vorn bei der Champagner-Verkostung oder neben dem schicken Zelt eines Immobilienmaklers vermutet.

Scheint fast, als würde Imre sich hier hinten verstecken wollen.

Ausgerechnet er, der sonst ständig das Rampenlicht sucht.

Julia steuert schnurstracks auf Imres Fischbrötchenstand zu.

Das gibt's doch nicht!

Was will die denn schon wieder von ihm?

Genau dieselbe große blonde Frau, die Julia gestern vor Imres Strandvilla beobachtet hat, schleicht sich jetzt von hinten an seinen Verkaufswagen heran.

Julia geht ein Stückchen weiter vor. Als sie sieht,

dass sich die Unbekannte prüfend umschaut, versteckt sich Julia hinter einer riesigen Bierflasche aus Pappe und beobachtet von dort aus das Geschehen.

Was macht die denn da?

Die junge Frau nimmt einen weißen Kittel und eine Kochmütze aus ihrem Rucksack und zieht sich die Sachen flink über. Dann tritt sie selbstbewusst an Imres Fischbrötchenstand heran, als würde sie erwartet werden.

Jetzt redet sie auch noch mit Pia.

Julia hat die Kellnerin aus der Meeresbrise sofort an ihren leuchtend roten Haaren erkannt.

War ja klar, dass Imre seine Geliebte für das Hafenfest einspannt.

Die gnädige Frau Westermann hat bestimmt Besseres zu tun.

Zum Beispiel, mit seinem Koch zu vögeln.

Die beiden sollen ein Verhältnis haben, munkelt man.

Na, wer will es ihr verdenken.

Imre ist ja ständig in fremden Betten unterwegs.

Aber was möchte die Hippie-Blondine von dem Casanova?

Die Frau beginnt jetzt damit, die drei Campingtische, die zusammengeklappt an einem Baum lehnen, einen nach dem anderen neben Imres Stand aufzubauen.

Aha! Wahrscheinlich findet dort das Wettessen statt.

Julia klettert auf den Betonsockel des Werbeaufstellers und reckt ihren schlanken Hals so lang wie möglich, um besser sehen zu können.

Oh! Jetzt verschwindet sie im Verkaufswagen.

Ein paar Minuten später kommt die junge Unbekannte mit einem Tablett aufgestapelter Fischbrötchen heraus.

Wie hat sie das denn geschafft?, staunt Julia.

»Hallo! Wie geht es Ihnen?«, spricht eine angenehme, männliche Stimme plötzlich zu ihr.

Vor Schreck fällt Julia fast von dem Betonklotz herunter.

Niklas Lux greift nach ihrem Arm und hält ihn fest. »Hoppla, nicht hinfallen! Entschuldigung, wenn ich Sie erschreckt habe. Das lag nicht in meiner Absicht.«

Julia starrt ihn staunend an.

»Sie? Hier?«, stottert sie.

Mann, der sieht verdammt gut aus.

War mir gar nicht so aufgefallen.

Aber letztes Mal lag ich auch mit meinem Fahrrad im Sand.

Es ist eben alles eine Frage der Perspektive.

»Es ist Hafenfest. Warum sollte ich nicht dabei sein?«, fragt Niklas schelmisch.

Julias Verlegenheit gefällt ihm.

Eigentlich hat er sie eher schnoddrig und forsch in Erinnerung. Obwohl ihm gefiel, dass sie Gesa widersprochen hat.

Sie ist hübsch.

Keine Barbiepuppe, sondern sehr natürlich.

Er sieht auf die Uhr.

Etwas Zeit ist ja noch bis zum Fischbrötchen-Wettessen.

Niklas ist mit Trude und Gesa verabredet. Die beiden wollten sich das Spektakel nicht entgehen lassen, zumal Trudes Freund Carlo mitmachen will.

»Darf ich Sie auf ein Getränk einladen?«, fragt Niklas Julia. »Als kleine Entschädigung für den Beinahe-Unfall letztens.«

»Ach, schon vergessen«, erwidert Julia und winkt ab.

Sie überlegt kurz.

Ich darf Imre nicht verpassen.

»Also eigentlich gern«, sagt sie zögernd.

»Und uneigentlich?«

»Möchte ich den Wettbewerb nicht versäumen.«

»Da kann ich Sie beruhigen. Den werde ich mir mit meinen Freunden ebenfalls ansehen. Es ist aber noch eine halbe Stunde Zeit, bis der beginnt.«

»Na gut, aber wir bleiben in der Nähe. Ich heiße übrigens Julia.«

»Angenehm, ich bin Niklas.«

»Urlauber?«

»Nein.«

»War das deine Frau, vorgestern, im Auto?«

»Nein, meine Chefin.«

»Ach so. Was …

»… möchtest du trinken, Julia?«, unterbricht Niklas sie, bevor sie ihn über seine Arbeit ausfragen kann.

»Vielleicht einen Aperol Spritz?«, schlägt Julia vor. »Wenn es nicht zu unverschämt ist.«

»Nein, wir sind auf dem Hafenfest und um dich zu einer Limo einzuladen, bist du zu alt.«

»Achtundzwanzig bin ich.«

Oje, ich höre Trude schon wieder lästern.

»Und was machst du sonst so? Ich meine, wenn du nicht an der Ostsee im Urlaub bist, Julia?«

»Ich studiere Geschichte in Berlin, bin fast fertig. Gerade schreibe ich an meiner Masterarbeit.«

Niklas muss schlucken.

Bei Julias Worten fällt ihm sofort seine ehemalige Lebensgefährtin Lara ein. Sie ist Dozentin für Geschichte an der Uni in Berlin.

Niklas' Kopfkino springt wieder an.

Seit sein alter Berliner Freund Holger und seine Zwillingsschwester Frieda ihren Besuch angekündigt haben, denkt er öfter an damals und die Erinnerungen rasen in kurzen Sequenzen an ihm vorbei.

Ob er will oder nicht, die Bilder verfolgen ihn: sein schneller Ausstieg aus dem Dienst als Kriminalkommissar und das neue Leben als Privatdetektiv und Kunstmaler.

Unter dem Decknamen »Der Maler« wird er Deutschlands erfolgreichster privater Ermittler.

Durch seine Schwester Frieda, die beim Bundeskriminalamt in Wiesbaden arbeitet, erhält er auch von dort Aufträge. Er wird sogar Sonderermittler des BKA und trifft Wolf, einen alten Widersacher aus Jugendzeiten. Es beginnt ein Kampf auf Leben und Tod. Niklas gewinnt, doch ein Verräter beim BKA und Wolfs Rache zerstören vieles in ihm.

Während seiner Abwesenheit verbrennt sein Zuhause ebenso wie ein Großteil seiner gemalten Bilder. Denkbar knapp entkommt seine Lebensgefährtin Lara dem Flammenmeer. Die schrecklichen Ereignisse verändern Niklas, und seine Beziehung hält der Belastung nicht stand. Er versucht schließlich als Oberkommissar bei der Kripo Laboe einen Neuanfang an der Küste.

Über ein Jahr ist das jetzt her.
Inzwischen bin ich bei den Nordlichtern angekommen.
Na, fast.

Komischer Typ, denkt Julia.
Erst lädt er mich ein und nun träumt er vor sich hin.
Ich kann mir meinen Drink auch selbst kaufen.
Wegen dem verpasse ich Imre womöglich noch.

Sie lässt Niklas stehen und geht einfach weiter.

Mit ein paar großen Schritten hat er sie schnell eingeholt.

»Julia!«, bittet Niklas sie, »warte doch!«

Was bin ich für ein Trottel.

Im selben Moment sieht er Trude und Gesa Arm in Arm über die Festwiese laufen.

»Niklas!«, ruft Trude quer über den halben Platz. »Da bist du ja. Wir haben dich überall gesucht.«

Julia verzieht mitleidig ihren Mund.

»Nee, lass mal gut sein, du bist schließlich verabredet. Ich hole mir meinen Aperol allein.«

15. Kapitel

Trude Hansen drängelt sich mit Hilfe ihres Gehstocks bis in die erste Zuschauerreihe vor. Immer wieder dreht sie sich zu Gesa und Niklas um und winkt. »Nun kommt schon!«, fordert sie die beiden auf.

»Ich bleibe mit meinen 1,90 m Körpergröße lieber hinten, damit die anderen auch noch etwas sehen«, meint Niklas.

Gesa schaut unschlüssig zu Trude.

Ich kann sie jetzt nicht allein lassen.

So aufgeregt, wie sie wegen Carlo ist.

Entschlossen schiebt sich die zierliche Hauptkommissarin durch die Menge, bis sie neben Trude in der ersten Reihe des Spektakels steht.

Auf den Campingtischen, die alle mit weißen Tischtüchern aus der Meeresbrise eingedeckt wurden, stehen schon die Teller mit den Fischbrötchen-Pyramiden bereit.

Trude läuft das Wasser im Mund zusammen.

Mhm!

Lachs, Matjes, Aal und Bismarckhering – alles dabei.

Da hat sich der Westermann nicht lumpen lassen.

Er soll der Sponsor sein.

Angeblich macht er selbst mit.

Plötzlich ertönt ein dreifacher, lauter Gong aus dem Verkaufswagen der Meeresbrise.

Trudes kleine grauen Augen strahlen vor Freude.

Da kommt mein Carlo!

Mit ihm sind es fünf Männer, einer davon ist Imre Westermann, und zwei Frauen, die unter dem Applaus der Besucher an die gedeckten Tische herantreten.

Trude reicht Gesa ihren Krückstock und klatscht wie wild.

Stolz schaut sie auf ihren bärtigen Carlo, den ehemaligen Leuchtturmwärter.

Er ist immer noch ein Mann wie ein Baum.

Den wirft so schnell nichts um.

Vielleicht gewinnt er.

Dem Sieger oder der Siegerin winkt ein Vier-Gänge-Menü in der Meeresbrise.

Carlo meint, es ist gut, dass im Stehen gegessen wird.

So kann er schneller schlucken.

»Carlo!«, ruft Trude ihrem Freund zu. »Wenn du nicht alles schaffst, lass dir den Rest einpacken!«

Die Besucher johlen und lachen.

»Ja! Einpacken«, schreit ein gut beleibter Urlauber, »Fischbrötchen für alle!«

Gesa verdreht die Augen.

Ihr ist der Spaß vergangen, denn ihre Freundin Karin hat sich nicht, wie verabredet, bei ihr gemeldet.

Sie wollte mich doch unbedingt heute Vormittag sprechen.

Nun ist es Punkt 12 Uhr und Karins Handy ist weiterhin ausgeschaltet.

Vor zehn Minuten hat Gesa deshalb versucht, Niels von Isenberg zu erreichen. Aber vergeblich.

Zum Glück hat er Karin gestern Abend nach Hause gefahren.

Sie war ja ziemlich beschwipst.

Die Sache mit dem missglückten Stellenwechsel war ihr sehr unangenehm, deshalb hat sie mehr getrunken.

Niels hätte ihre Entschuldigung ruhig annehmen können.

Manchmal ist er bockig wie ein kleiner Junge.

Gesa hat ihrem Freund auf die Mobilbox gesprochen und darum gebeten, dass er sich meldet.

Wahrscheinlich schläft er noch.

Am Wochenende ist das nichts Ungewöhnliches.

Dr. von Isenberg ist oft bis spät in die Nacht in der Rechtsmedizin im Einsatz. Zum Glück besitzt er die Gabe, seinen verlorenen Schlaf nachholen zu können, hat er Gesa erst bei ihrem letzten gemeinsamen Barbesuch erklärt.

Sie seufzt.

Bei mir klappt das nicht.

Wenn ich einmal aus dem Rhythmus bin, quäle ich mich die ganze Woche. Das muss mit dem Alter zusammenhängen.

Tja, wenn man die berühmte Fünfzig überschritten hat …

Was habe ich früher lange gepennt, wenn ich die Zeit dafür hatte.

»Dong! Dong! Dong!«, erneut erklingt ein dreifacher Gong.

Gesa schreckt aus ihren Gedanken.

»Es geht los!«, kreischt Trude heiser.

Die Kandidaten stopfen sich das erste Fischbrötchen in den Mund.

»Carlo! Carlo!«, feuert Trude ihren Freund an. Sie stößt Gesa in die Seite. »Nun ruf doch auch mal! Was ist denn heute mit dir los?«, fragt sie enttäuscht.

Plötzlich verdreht Imre Westermann die Augen.

Sein stark gebräuntes Gesicht läuft dunkelrot an.

Gesa wundert sich. »Da stimmt doch etwas nicht«, sagt sie zu Trude.

Doch die hat nur Augen für ihren Carlo, der zurzeit tatsächlich ein Fischbrötchen mehr als die anderen verputzt hat.

Imre Westermann hat aufgehört zu essen. Seine Fans aus dem Publikum feuern ihn lautstark an.

Sind auffällig viele junge Frauen darunter, denkt Gesa und lässt den Wirt nicht aus den Augen.

Tapfer ist er ja.

Wahrscheinlich hat er sich an einer Gräte verschluckt.

Der soll hier bloß nicht den Helden spielen.

Imre kämpft. Er streckt jetzt seine Hand nach dem nächsten Fischbrötchen aus.

Gesa sieht, dass er zittert. Doch urplötzlich fällt er um und bleibt reglos auf dem Rücken liegen.

Ein Raunen geht durch die Menge.

Dann ist kurz Stille.

Die Hauptkommissarin stürmt vor auf die provisorische Bühne. Zwei Rettungssanitäter und ein Arzt haben das bereitstehende Einsatzfahrzeug verlassen und kommen im Eiltempo über die Festwiese gelaufen.

»Bitte alle eine Gasse bilden, damit der Arzt durchkommt!«,

ruft Gesa den Zuschauern zu.

Dann beugt sie sich über den leblosen Wirt.

»Herr Westermann! Können Sie mich hören?«

Oh, Mist! Ich glaube, der ist tot.

16. Kapitel

Das darf doch nicht wahr sein!

Julia könnte heulen vor Wut. Fassungslos muss sie, gemeinsam mit den anderen Jahrmarktbesuchern, mit ansehen, wie der Notarzt und die Rettungssanitäter verzweifelt um Imre Westermanns Leben kämpfen.

Drück! Drück! Drück! Nun drückt doch stärker!, möchte sie den Männern während ihrer Wiederbelebungsmaßnahmen zurufen.

Er darf nicht sterben!

Julia drängelt sich weiter nach vorn.

»Aus dem Weg!«, verlangt Gesa von ihr und schubst sie unsanft beiseite. »Keine Fotos, bitte! Gehen Sie alle nach Hause!«, fordert die Hauptkommissarin die gaffende Menge auf.

Wo bleibt denn Polizeimeister Iversen mit seinen Leuten?

»Und dass mir keiner die Fischbrötchen anfasst!«, warnt sie die anderen Wettbewerbskandidaten. Bis auf Carlo, der sich auf einer Bank um die aufgeregte Trude kümmert, stehen diese unschlüssig am Verkaufswagen der Meeresbrise.

»Bitte warten Sie hier«, wendet sich Gesa an die restlichen Teilnehmer des Wettessens. »Wir nehmen später Ihre Personalien auf, und außerdem möchte ich, dass Sie ebenfalls ärztlich untersucht werden.«

Es könnte ja an den Fischbrötchen liegen.

Na, hoffentlich nicht.

»Niklas, hilf mir bitte mal!«, bittet Gesa Oberkommissar Lux. »Ich benötige die Tischdecken!« Niklas hat sich seine Schutzhandschuhe, die er für alle Fälle immer in der Jackentasche hat, schon übergezogen und hebt jetzt die Platten mit den halbverzehrten Fischbrötchen hoch. Währenddessen zieht Gesa mit Schwung die Decken von den Klapptischen herunter.

Dann bittet sie zwei Paare aus der Zuschauermenge zu sich. »So, jeder greift sich einen Zipfel des Tischtuches und schön hochhalten. Stellen Sie sich bitte mit dem Rücken zum Geschehen und der Rest sieht zu, dass er endlich Abstand hält. Sonst werde ich Ordnungsgelder verhängen«, droht sie.

Julia kommt aus dem Staunen nicht mehr heraus.

Die beiden sind von der Polizei.

Wahrscheinlich sogar von der Kripo.

Blöd, dass die mich in der Nähe von Imres Haus gesehen haben.

Da mach ich jetzt lieber die Biege.

Sie zieht sich unauffällig hinter den Verkaufswagen zurück. Durch das offene Fenster hört sie Pia weinen und schluchzen. Ihr Ehemann ist bei ihr und tröstet sie.

Na, dem wird es recht sein, dass der Nebenbuhler ausgeknockt ist.

Hoffentlich überlebt Imre.

Wenn ich das Rezept nicht finde, kann ich meine Masterarbeit in die Tonne treten.

Nur deshalb ist die Verlängerung durchgegangen.

Noch eine Chance gibt mir der Professor nicht.

Leider interessiert sich der gutaussehende Kerl nicht für

Frauen.

Andere haben mehr Glück, die könnten sich eine bessere Note im Bett verdienen.

Tja, Julia, Augen auf bei der Themenwahl!

Jetzt hab ich den Salat.

Vielleicht existiert der blöde Wisch auch gar nicht.

Während Julia beim Laufen mit gesenktem Kopf leise vor sich hin flucht, stößt sie fast mit der unbekannten Frau zusammen, die ihr seit Tagen immer wieder begegnet.

»Oh, Entschuldigung!«, sagt sie und stutzt.

Die hat ihre Küchenkleidung aber schnell abgelegt.

Müsste sie nicht auf die Polizei warten?

Schließlich hat sie die Fischbrötchen serviert.

Die Frau geht einfach zügig weiter.

»Warte mal!«, ruft Julia ihr hinterher.

Sie ist ja mein Alter, da kann ich die duzen.

Doch die Unbekannte denkt gar nicht daran. Sie läuft noch schneller über die Festwiese und steuert auf einen kleinen Parkplatz zu.

Die sportliche Julia hat sie im Nu eingeholt und versperrt ihr den Weg.

»Was wolltest du von Imre Westermann?«, fragt sie mutig. »Ich habe dich vorgestern an seinem Haus gesehen.«

Die großgewachsene Frau bleibt erschrocken stehen.

Wortlos öffnet sie ihren Rucksack.

Dann zieht sie blitzschnell ein Pfefferspray aus einem Seitenfach und sprüht Julia damit in die Augen.

»Aua!«, schreit Julia los. »Spinnst du? Was soll der Scheiß?«

Heulend rennt sie zum nächsten Imbissstand.

»Meine Augen!«, jammert sie. »Bitte geben Sie mir eine Flasche Wasser!«

Die Tussi ist natürlich über alle Berge.

Na warte, dich melde ich der Polizei.

Vielleicht hat sie Imres Brötchen vergiftet.

So wie die drauf ist.

Wie hieß meine attraktive Bekanntschaft schnell noch mal?

Niklas.

An dem werde ich dranbleiben.

17. Kapitel

»Exitus«, sagt der Notarzt leise zu Gesa. »Wir konnten ihn leider nicht mehr zurückholen.«

Hauptkommissarin Bähr schweigt kurz. Dann muss sie ihren Job erledigen, obwohl sie sich am liebsten irgendwo verkriechen möchte.

Svenja ist abgereist.

Karin meldet sich nicht.

Und jetzt auch noch ein Toter auf dem Hafenfest.

»Was können Sie zur Todesursache sagen, Herr Doktor?«, fragt sie den Notfallmediziner. Der zieht ein Formular aus seiner Tasche und nuschelt: »Gar nichts.«

»Aha«, antwortet Gesa hilflos. »Dann sind wir ja schon zwei.«

Oberkommissar Lux, der eben noch gemeinsam mit Polizeimeister Iversen die neugierigen Zuschauer in Schach gehalten hat, schaut ihr über die Schulter.

»Das sieht mir nach einer Vergiftung aus«, meint er beim Anblick des toten Promiwirts, »oder nach einer allergischen Reaktion.«

»Sehen Sie«, wendet sich der wortkarge Arzt an Gesa, »er weiß es.«

Niklas verzieht empört das Gesicht: »Das habe ich nicht behauptet. Ich habe lediglich eine Vermutung geäußert, Herr Doktor.«

»Die ich übrigens teile«, lenkt der Mediziner ein. »Ich habe deshalb unklare Todesursache vermerkt. Das bedeutet, der Tote sollte in der Rechtsmedizin gründlich untersucht werden.«

Gesa nickt. »Wir werden das umgehend veranlassen. Niklas, nimm du bitte Kontakt mit der Staatsanwaltschaft und der Kriminaltechnik auf! Ich werde gleich versuchen, unseren Rechtsmediziner Dr. von Isenberg zu erreichen.«

Wenn der mal endlich ans Handy gehen würde.

Sie wirft einen hoffnungsvollen Blick gen Himmel. Dann wendete sich Gesa an den Arzt und die beiden erschöpften Rettungsassistenten. »Vielen Dank, auch wenn Ihre Mühe erfolglos war und wir nun übernehmen müssen.«

»Alles Gute für Ihren weiteren Dienst«, wünscht Oberkommissar Lux den sichtlich niedergeschlagenen Einsatzkräften.

Sein Handy piept kurz. Er liest die neueste Nachricht. »Uwe Feddersen ist mit seinen Leuten von der Kriminaltechnik bereits auf dem Weg hierher«, stellt er zufrieden fest. »Der muss sich um die Reste von den Fischbrötchen kümmern. Wir können ja nichts ausschließen. Wann befragen wir denn die Zeugen, Gesa?«, will Niklas von der Hauptkommissarin wissen.

»Gleich im Anschluss. Sobald wir den Abtransport

des toten Imre Westermann organisiert haben«, antwortet Gesa, während sie ihr Handy aus der Handtasche nimmt.

Sie wählt den Kontakt von Dr. von Isenberg.

»Moin, Gesa!«, meldet er sich mit schläfriger Stimme.

»Mahlzeit, mein Lieber!«, schimpft sie und entfernt sich ein paar Schritte vom Geschehen. »Es ist mittags um eins und ich versuche seit Stunden, dich zu erreichen …«

Vor einer schlanken Pappel, an dem Polizeimeister Iversen das rot-weiße Absperrband befestigt hat, bleibt Gesa stehen.

Müde lehnt sie sich mit dem Rücken an den Baumstamm.

»Warum hast du mich nicht zurückgerufen, Niels?«

»Tschuldigung. Ich habe fest geschlafen. Was ist denn passiert?«

»So einiges«, stöhnt Gesa. »Ich weiß gar nicht, wo ich anfangen soll.«

»Na, dann schieß mal los!«

Gesa hört im Hintergrund die Kaffeemühle surren.

Er ist tatsächlich erst aufgestanden.

Niels mahlt sich ja jeden Morgen die Bohnen für seinen Kaffee selbst.

»Wir haben eine Leiche auf dem Hafenfest«, berichtet sie ihrem Freund. »Imre Westermann, der Wirt des neuen Gourmettempels in Laboe, ist der Tote.«

»Nicht zu fassen!«, ruft von Isenberg. »Gestern, im Restaurant, erschien er mir quietschfidel …«

»… und heute stirbt er beim Fischbrötchen-Wettessen«, vervollständigt Gesa seinen Satz.

»Wie makaber. Was sagt der Arzt, der den Tod festgestellt hat?«

»Unklare Todesursache. Westermann könnte infolge einer allergischen Reaktion oder durch Gift zu Tode gekommen sein.«

»Na, ich gebe mein Bestes«, sagt Niels, »schließlich habe ich ja noch so lange Notdienst, bis deine Freundin Karin wieder loslegt. Sie hat ja …«

»Da wäre ich auch schon bei dem zweiten Grund für meinen Anruf«, fällt Gesa ihrem Freund ins Wort. Ihre Stimme klingt aufgeregt.

»Karin meldet sich nicht!«, klagt sie. »Ich weiß nicht, was das zu bedeuten hat. Sie wollte mich heute Vormittag dringend sprechen und nun ist ihr Handy ausgeschaltet.«

»Vielleicht schläft sie ihren Rausch aus und möchte nicht gestört werden«, vermutet Niels.

»Quatsch! Karin war ein wenig beschwipst. Kein Wunder, dass sie sich den Abend schöntrinken musste. Du hast dich unmöglich benommen, Niels.«

»Vielen Dank für die Blumen«, wehrt er sich, »ich hätte meinen Ärger auch gern im Wein ertränkt, aber ich musste ja fahren.«

»Na, zum Glück. So kann ich sicher sein, dass Karin wenigstens gestern Abend gut nach Hause gekommen ist.«

Gesa hört Niels im Hintergrund klappern.

»Bist du noch dran?«, fragt sie.

»Ja, natürlich. Aber ich muss mich beeilen. Du selbst hast mir eben neue Arbeit angekündigt und bist später wieder die Erste, die die Obduktionsergebnisse am besten sofort erfahren möchte.«

»Trotzdem will ich auch wissen, was mit Karin los

ist«, sagt Gesa trotzig.

»Keine Ahnung. Ich bin doch nicht ihr Bodyguard.«

»Aber du hast sie nach Hause gefahren.«

»Na, ins Bettchen habe ich sie nicht gebracht. Wie du schon sagtest, Gesa, Karin war beschwipst, aber nicht volltrunken oder hilflos.«

»Ich weiß nicht, Niels, ich habe so ein blödes Gefühl. Eine Ahnung, die mir keine Ruhe lässt.«

»Gesa«, versucht Niels sie zu beruhigen. Er verschweigt ihr weiterhin, dass er Karin etwa dreihundert Meter von ihrer Altbauwohnung entfernt abgesetzt hat. »Denk doch mal nach«, bittet er Gesa, »wenn jemand zu euch in die Dienststelle käme und Alarm schlagen würde, nur weil eine Freundin den ganzen Vormittag über das Handy ausgestellt hat.«

»Das ist doch etwas völlig anderes!«, widerspricht Gesa. »Außerdem ist Karin nicht irgendeine Freundin, sondern meine beste und engste Vertraute. Ich kenne Karin zu gut, als dass ich ihr Schweigen nicht ernst nehmen könnte. Zumal sie mich wegen einer Angelegenheit auf Gran Canaria, die sie sehr beschäftigt hat, heute Vormittag unbedingt sprechen wollte. Sie glaubt, einer kriminellen Sache auf der Spur zu sein.«

Niels lacht gekünstelt: »Also, jetzt übertreibt es die liebe Karin wirklich. Ich glaube, es wird Zeit, dass sie endlich wieder arbeitet, damit sie etwas zu tun bekommt.«

Gesa schweigt betroffen.

Ich mache mir Sorgen um meine beste Freundin und Niels zieht es ins Lächerliche.

Während Gesa grübelt, nähert sich Oberkommissar Lux mit unverkennbar weiten Schritten. Er winkt

Gesa zu.

»Niels«, sagt sie zu ihrem Freund, »ich lege jetzt auf, der Lux braucht mich, der Job erledigt sich ja nicht von allein.«

»Tschüs, Gesa«, antwortet von Isenberg schnell, »wir hören uns vielleicht später noch.« Dann legt er auf.

Gesa schüttelt enttäuscht den Kopf.

Der war ja froh, dass er mich wieder los ist.

Sein Verhalten ist irgendwie merkwürdig.

18. Kapitel

Nachdem Julia ihre Augen von den Resten des Pfeffersprays befreit hat, gönnt sie sich erst einmal eine Portion Pommes und eine Cola.

Aperol wäre mir lieber, aber ich muss einen klaren Kopf behalten.

Sie hat an einem der hohen Bistrotische auf einem kippeligen Hocker Platz genommen.

Niemand außer ihr verbringt hier gerade seine Zeit. An dem Imbissstand, der sich am Anfang der Festwiese gleich gegenüber vom Parkplatz befindet, herrscht gähnende Leere, denn die meisten Besucher sind mittags zu dem Wettbewerb im Fischbrötchen-Essen geeilt. Als sich herumgesprochen hat, dass der prominente Wirt Westermann während der Veranstaltung ums Leben gekommen ist, sind selbst die zuvor weniger interessierten Hafenfestbesucher nicht mehr zu halten gewesen.

Julia erkennt von ihrem Platz aus, dass sich die Menschentraube nun langsam aufzulösen beginnt.

Nur die Verantwortliche der Gemeindeverwaltung, Jutta Petersen, hastet weiterhin quer über die Festwiese, um die aufgeregten Gemüter zu beruhigen.

Einige Standbetreiber und Geschäftsleute diskutieren über die Möglichkeit eines Festabbruchs. Sie befürchten Einbußen. Aber Hauptkommissarin Bähr sieht dafür keine Veranlassung, versichert ihnen Jutta Petersen. Bis die Ursache für den Tod des Imre Westermann nicht gefunden ist, wird von einem Unfall ausgegangen.

Erschöpft von den vielen Diskussionen, möchte Jutta Petersen abseits von dem Trubel ein wenig verschnaufen. Sie läuft zu dem Imbissstand und setzt sich an Julias Tisch, weil sie von dort alles am besten überblicken kann.

»Moin, moin!«, sagt sie zu ihr. »Ich darf doch, oder?«

Jutta wischt sich mit der Hand den Schweiß von der Stirn. »Ein Wasser bitte, Helge! Ohne Sprudel«, ruft sie dem Imbissverkäufer zu. Dann tippt sie sofort ein paar Nachrichten in ihr Handy, ohne Julia weiter zu beachten.

Die ist wenig begeistert.

Blöde Tante.

Du hättest auch einen Tisch weitergehen können.

Julia schaut gelangweilt zum Parkplatz und zieht langsam eine Pommes nach dem anderen durch die Mayonnaise, bevor sie diese in ihren hübschen Mund schiebt.

Was für ein beschissener Tag ist das heute bloß.

Wie soll ich jetzt noch an das Rezept herankommen?

Plötzlich fährt ein silbern blitzendes Mercedes-Sportcoupé mitten über den Rasen und hält zwanzig

Meter vor dem Imbissstand.

Was soll er machen? Der öffentliche Parkplatz ist ja bis auf die letzte kleine Bucht gefüllt, denkt Julia.

Aber Jutta Petersen schaut sofort von ihrem Handy hoch und verzieht prüfend das Gesicht.

Was fällt dem denn ein?

Hier ist Halteverbot!

Kerstin Westermann und ihr Bruder Volker steigen aus dem Wagen.

Ach Gott, es ist die Witwe Westermann.

Jutta steht auf, zupft ihr lachsfarbenes Kostüm zurecht und geht auf die beiden zu.

»Frau Westermann«, sagt sie mit gesenkter Stimme und reicht der Witwe die Hand. »Es tut mir so unendlich leid. Was für ein Verlust für unsere Gemeinde.« Jutta Petersen hat die Ehefrau des Promiwirts gleich erkannt.

Julia dagegen kann sich sofort an deren Bruder, Imres Schwager Volker, erinnern und vor allem an deren Gespräch, das sie zufällig im Partykeller der Strandvilla belauscht hat.

Sein Schwager wollte Imre zu einem Etikettenschwindel mit hochwertigem Wein überreden.

Eigentlich hatte Julia beschlossen, sich nicht in diese Angelegenheit einzumischen und alles sofort wieder zu vergessen. Aber jetzt könnte mir mein Wissen über seine kriminellen Absichten von Nutzen sein, überlegt sie.

Imres Schwager muss mir helfen, das verdammte Rezept zu finden.

Ich habe nur noch eine Woche Zeit.

Sie schaut zu ihm herüber. Volker Westermann steht derweil unschlüssig neben seiner Schwester, die von Jutta Petersen sofort in ein Gespräch über die Zukunft des Restaurants Meeresbrise verwickelt wird.

Er langweilt sich.

Als ob das nicht noch Zeit hat.

Aber Kerstin wollte ja unbedingt hierher und sehen, wo es passiert ist.

Plötzlich erblickt Volker die junge Julia an dem Bistrotisch vor dem Imbiss.

Hübscher Feger.

Wenn die Weibsbilder hier noch lange quatschen, hole ich mir auch eine Cola.

Imres Schwager steuert jetzt auf die Verkaufsluke zu.

Julia bemerkt es mit Wohlwollen. Sie hat sofort in den Flirtmodus umgeschaltet und schlägt ein Bein über das andere, während sie Volker mit ihren Blicken signalisiert, dass er an ihrem Tisch willkommen ist.

»Darf ich?«, fragt der auch sogleich.

»Sehr gern, Herr Westermann«, antwortet Julia.

Oh, sie kennt mich.

Wahrscheinlich durch Imre oder Kerstin.

»Sind wir uns schon einmal begegnet?«, fragt er höflich, »Verzeihung, ich erinnere Ihren Namen nicht mehr.«

»Der tut nichts zur Sache«, antwortet Julia schnell, »Sie haben mich noch nie gesehen, aber ich Sie. Vor allem konnte ich Ihnen gut zuhören«, Julia beugt sich zu Volker herüber und flüstert, »wie Sie Ihrem Schwager Imre ein, ich nenne es mal, unlauteres Angebot unterbreitet haben. Gestern, in seinem Partykeller.«

Volker Westermann wird blass.

»Was wollen Sie von mir?«, zischt er. In dem Moment winkt seine Schwester Kerstin zu ihm herüber und Jutta von der Gemeindeverwaltung macht gerade auf dem Absatz kehrt, um an den Tisch vor dem Imbiss zurückzukommen.

Volker schaut nervös zu seiner Schwester.

»Keine Angst! Ich verrate Sie nicht!«, verspricht Julia. »Ich benötige lediglich Ihre Hilfe. Jetzt, wo Imre nicht mehr lebt … Es handelt sich wirklich nur um einen kleinen Gefallen.« Sie taxiert Volker mit ihren Blicken. »Wie kann ich Sie denn am besten erreichen?«, fragt sie forsch.

Volker greift in seine Jacketttasche und schiebt ihr unauffällig eine Visitenkarte über den Tisch. »Handynummer steht drauf«, nuschelt er hinter seiner Cola und trinkt den Rest in einem Zug aus.

Dann springt er von dem Hocker auf.

»Warte auf mich, Kerstin!«, ruft er seiner Schwester, die einfach losgelaufen ist, hinterher. »Ich komme doch schon.«

19. Kapitel

Hauptkommissarin Bähr und Oberkommissar Lux laufen am Rande der sich langsam wieder füllenden Festwiese zurück zum Parkplatz. Gesa hat beschlossen, jetzt sofort nach Kiel zu fahren, um bei Karin nach dem Rechten zu sehen.

Anschließend werden wir noch in der Rechtsmedizin vorbeischauen, hat sie Oberkommissar Lux vorgeschlagen.

Ihre Zeugenbefragung konnten die beiden nicht bis zum Ende durchführen, da die Teilnehmer des Wettessens zuerst in die Ostseeklinik gebracht wurden, um sie medizinisch durchzuchecken.

Auch Carlo Friedrichsen, Trudes neuer Freund, musste mit in den Krankentransporter einsteigen. Zuerst weigerte er sich, aber Trude hat ihn überzeugt und ist selbst mitgefahren.

Über Gesas müdes Gesicht huscht ein Lächeln.

Die beiden sind zu süß miteinander.

Schön, wenn man im Alter noch einmal eine neue Liebe findet.

»Gut, dass du mich begleitest«, sagt sie zu Niklas und blickt ihn dankbar an.

Auf die Unterstützung meines Kollegen kann ich mich verlassen, wenn es mir schlecht geht.

Auf die von meinem Freund anscheinend nicht.

Karin hat mich ja von Anfang an gewarnt, dass Niels ein Egoist ist.

Aber bisher war er das nicht.

Sogar seine Schnöseligkeit hat er inzwischen abgelegt.

Svenja mag ihn auch.

Gesa schnäuzt in ihr Taschentuch. Niklas schaut sie besorgt an.

Dass ihre Freundin sich nicht meldet, scheint ihr ordentlich zuzusetzen, denkt er.

»Wir sind ja gleich an unserem Wagen«, tröstet er Gesa. In dem Moment sieht er Julia an dem Bistrotisch sitzen und die letzten Pommes von ihrer Pappschale verschlingen.

Jetzt hat sie ihn auch erkannt.

Sie wirft ihre blonden Haare in den Nacken und winkt ihm zu. »Du schuldest mir noch einen Aperol, Niklas!«, ruft sie.

Gesa glaubt, nicht richtig zu hören.

Ist das nicht die Kamikaze-Radfahrerin, die ich fast auf der

Motorhaube hatte?

Niklas ist die Situation ein wenig peinlich.

»Ein anderes Mal. Ich bin im Dienst«, entschuldigt er sich.

Dass ich bei der Kripo bin, hat ja inzwischen jeder hier mitbekommen.

»Alles klar, Herr Kommissar«, meint Julia, »man sieht sich.«

»Bestimmt«, antwortet Niklas erleichtert und läuft weiter.

Gesa schüttelt nur staunend mit dem Kopf, während sie die Fahrertür des Dienstopels öffnet.

»Seit wann du die junge Dame duzt und warum du ihr einen Drink schuldest, kannst du mir gleich unterwegs erzählen, Niklas. Mannomann! War nicht vor ein paar Tagen von deinem leeren Beziehungsakku die Rede?«, fragt sie verwundert.

»Es ist nichts, wie es scheint«, antwortet Niklas und rollt verschwörerisch mit seinen blauen Augen.

»Ja, genau. Ich befürchte, so lautet heute unser Tagesmotto«, seufzt Gesa.

Was für ein Tag!

Einer von denen, wo man bereut, überhaupt aufgestanden zu sein.

20. Kapitel

Niklas und Gesa betreten das Treppenhaus zu Karins Altbauwohnung, die sich in einer Seitenstraße unweit von der Fischhalle mit dem Schifffahrtsmuseum befindet.

»Eine noble Ecke ist das aber nicht gerade, wo

deine Freundin wohnt«, bemerkt Niklas, während er Gesa über die abgenutzten Steinstufen in den dritten Stock folgt.

Keine hundert Meter entfernt befindet sich ein Eros-Center.

»Karin hat sich hier immer sehr wohlgefühlt. Sie ist nicht ängstlich und geht abends gern mal raus zum Hafenbecken«, meint Gesa.

Sie klingelt jetzt an der Wohnungstür.

Karin Rose steht auf dem schlichten Türschild. Ohne Doktortitel.

Niemand öffnet.

Nun versucht es Gesa mit starkem Klopfen. Sie fühlt, wie ihr Herz vor Aufregung im selben Rhythmus lauter und schneller wummert.

»Das hat doch keinen Zweck, Gesa«, meint Niklas. »Hast du es noch einmal auf ihrem Handy versucht?«

»Gerade eben, unten im Treppenhaus, als du draußen Fotos gemacht hast«, sagt Gesa mit weinerlicher Stimme. »Du glaubst auch, dass ihr etwas zugestoßen ist. Oder?«

Niklas zögert mit der Antwort. »Ich würde es nicht ausschließen.«

»Dann müssen wir die Tür öffnen lassen. So ein Mist, dass ich Karin ihren Schlüssel vor einem Jahr zurückgegeben habe. Sie hatte während ihrer langen Abwesenheit untervermietet.«

Niklas wird hellhörig. »Weißt du, an wen?«

»Ehrlich gesagt, nein. Die Hausverwaltung hatte sich darum gekümmert. Ich kann es aber herausbekommen. Erst einmal rufe ich die Kieler Kollegen an und lasse die Tür öffnen. Gefahr im Verzug.«

»Wir sind nicht dienstlich hier, sondern privat, Gesa.«

»Mir doch schnuppe. Karin liegt vielleicht hilflos in ihrer Bude, da schere ich mich einen feuchten Kehricht um die Vorschriften.«

»So habe ich es nicht gemeint«, antwortet Niklas und holt sein Portemonnaie aus der Hosentasche.

Das einfache Schloss öffne ich mit links und vierzig Fieber.

»Wo kein Kläger, da kein Richter«, erklärt er Gesa. »Wenn alles ein Missverständnis ist, wird deine Freundin dich wohl nicht anzeigen, und wenn ihr etwas passiert ist, erst recht nicht.«

Gesa sieht ihren Kollegen erleichtert an.

Was würde ich nur ohne den Lux und seinen kühlen Kopf tun?

»Also los, Niklas! Worauf wartest du!«, sagst sie erleichtert. »Danke.«

Plötzlich wird die Tür von der Wohnung gegenüber aufgerissen.

»Was machen Sie hier?«, ruft ein älterer Herr in Boxershorts und Feinripphemd. »Ich habe Sie schon die ganze Zeit durch den Türspion beobachtet. Frau Rose ist nicht da.«

»Wissen Sie, wo Sie hingegangen ist?«, fragt Gesa aufgeregt.

»Nö«, antwortet der Alte, »und wenn, würde ich es Ihnen nicht sagen. Wer sind Sie überhaupt?«

»Entschuldigung, ich bin Gesa. Karins Freundin«, erklärt die Hauptkommissarin, die es im Moment noch bei einer privaten Nachfrage belassen will. »Bestimmt haben Sie mich schon einmal mit Karin zusammen gesehen.«

»Möglich, aber Frau Rose war ja ein Jahr weg und ich stehe nicht ständig hinter meinem Türspion. Nur, wenn jemand einen solchen Krach veranstaltet wie Sie beide«, schimpft er. »Sie haben so laut an die Tür gebummert, dass ich aus dem Bett gefallen bin. Nachts schlafe ich neuerdings schlecht und ich hatte mich deshalb mittags hingelegt.«

»Das tut uns sehr leid, Herr Küster«, entschuldigt sich Niklas, der den Namen flugs vom Klingelschild des Rentners abgelesen hat. »Wann haben Sie Frau Rose denn das letzte Mal gesehen?«

»Gestern Abend, da ist sie hübsch angezogen aus der Tür. So nach 18 Uhr war das. Ihre Absätze haben im Treppenhaus geklappert wie nichts Gutes.« Er überlegt kurz und legt nachdenklich seinen knorrigen Finger an die Lippen.

»Komisch. Nach Hause kommen habe ich sie nicht gehört. Obwohl, ich sagte es bereits, ich schlecht schlafe … Außerdem ist sie heute Morgen nicht zum Joggen raus. Normalerweise dreht sie am Wochenende so gegen 10 Uhr ihre Runde.«

Ein Hoch auf die aufmerksamen Nachbarn, denkt Niklas.

Gesa hat es die Sprache verschlagen, ihre Gesichtsfarbe ähnelt inzwischen dem Grau der Wand des Treppenhauses. Sie wankt kurz.

Niklas hält ihren Arm fest.

Wie werden wir den Alten bloß los?

Ich muss endlich die Tür öffnen.

Plötzlich hat er eine Idee. »Gesa«, sagt er und schaut dabei den neugierigen Nachbarn an. »Du besitzt doch Karins Wohnungsschlüssel! Dann lass uns jetzt endlich hineingehen. Herr Küster hat Karin heute auch schon vermisst. Vielleicht ist sie krank und braucht Hilfe.«

Gesa tut sofort so, als kramt sie in ihrer Handtasche nach dem Schlüssel. Schließlich holt sie ihren eigenen hervor und gibt ihn Niklas.

»Nochmals danke, Herr Küster«, sagt er zu dem Rentner, »gehen Sie lieber wieder rein, sonst erkälten Sie sich!«

Doch Karins Nachbar bleibt wie angewurzelt in seiner Tür stehen und beobachtet mit Argusaugen, was passiert. Ohne dass der Mann es bemerkt, schafft es Niklas mit einem kleinen Dietrich statt mit Gesas Schlüssel, Karin Roses Wohnung zu öffnen.

Die beiden huschen hinein und schließen die Tür sofort wieder hinter sich.

Gesa atmet auf.

Geschafft.

»Karin?«, ruft sie ängstlich, »bist du hier?«

21. Kapitel

Dr. von Isenberg hat noch am selben Abend zu einem Termin in der Rechtsmedizin gebeten, um seine ersten Erkenntnisse zu präsentieren.

Wie hypnotisiert läuft Hauptkommissarin Bähr neben ihrem Kollegen Lux den langen Flur im Rechtsmedizinischen Institut entlang. Ihre Gedanken sind ganz und gar nicht bei dem toten Imre Westermann. In ihren Kopf spuken die wildesten Befürchtungen umher.

Karin ist gestern Abend nicht nach Hause zurückgekehrt. Ihr muss etwas passiert sein!

Alles, was Gesa und Niklas vor einer Stunde in der Wohnung ihrer Freundin vorgefunden haben, deutet darauf hin, dass sich Karin dort als Letztes für das gemeinsame Abendessen zurechtgemacht hat. Einige Blusen, die sie wohl anprobiert und wieder verworfen hat, liegen immer noch auf dem Bett verstreut. Ihr Kleiderschrank steht halb offen. Gesa grübelt, während sie weiter an Niklas' Seite über den Flur geht.

Nach einem Einbruch sieht mir das nicht aus.

Eher nach typisch Karin.

Das passt zu ihr. Vor einer Verabredung erst zigmal umziehen und dann auf den letzten Drücker loslaufen.

»Ich finde«, meint Niklas zu seiner nachdenklichen Chefin, »von Isenberg ist dir eine Erklärung schuldig. Er hat Karin doch nach Hause gebracht.«

»Ja, aber nicht ins Bett, wie er sich so schön salopp ausgedrückt hat. Wahrscheinlich hat er sie an der Hauptstraße rausgelassen. Abends ist bei Karin vor dem Haus oft alles zugeparkt.«

Gesa kämpft mit den Tränen. »Wenn ihr nur nichts zugestoßen ist! Du hast selbst gesehen, in welcher Gegend sie wohnt.«

»Aber deshalb darfst du nicht gleich an das Schlimmste denken«, tröstet Niklas seine Chefin und legt behutsam den Arm um ihre zitternden Schultern.

Insgeheim denkt er genau wie sie.

Die Sache ist mysteriös.

Gesas Sorgen sind durchaus berechtigt.

Verdammter Mist.

Auf einmal wird die Tür eines Laborraums von innen aufgestoßen und der Pathologe Dr. von Isenberg steht unverhofft vor Niklas und Gesa mitten auf dem Flur.

»Hoppla!«, ruft er, »störe ich etwa?«

Niklas nimmt seinen Arm trotzdem nicht von Gesas Schultern herunter.

Blödmann, denkt er.

»Ihr seid aber diesmal schnell«, mault von Isenberg. Dann schlägt er sich mit der flachen Hand an die Stirn. »Ach, stimmt! Ihr wart ohnehin in Kiel, um Karin zu besuchen.«

»Du bist so bescheuert, Niels!«, faucht Gesa ihren Freund an. »Von wegen besuchen! Karin ist verschwunden. So wie es in ihrer Wohnung aussah, war sie dort das letzte Mal, um sich für unseren gemeinsamen Restaurantbesuch in der Meeresbrise zurechtzumachen.«

Niels von Isenberg zuckt nur hilflos mit den Achseln. »Was weiß ich, wo und mit wem deine Freundin die Nacht verbringt. Sie ist schließlich immer sehr spontan in ihren Entscheidungen.«

Nun mischt sich Oberkommissar Lux ein. Er nimmt seinen Arm langsam von Gesas Schultern herunter und sagt: »Aber Sie, Dr. von Isenberg, haben Karin als Letzter von uns gesehen. Der Nachbar meint, sie ist weder abends noch nachts das Treppenhaus hinaufgegangen. Das Klappern ihrer Absatzschuhe hätte er sicher nicht überhört.«

Von Isenberg schnauft vor Wut: »Sagt mal, hört ihr Kommissare euch noch selbst zu?«, schimpft er. »Das sind alles nichts als vage Vermutungen. Eine lebenslustige, reife Frau hat eine Nacht nicht bei sich zu Hause verbracht. Na und? Was soll die Panikmache?«

Gesa blickt entsetzt auf ihren Freund.

Was ist denn mit ihm los?

Ich erkenne Niels ja nicht wieder.

»Wo genau hast du Karin aus deinem Wagen gelassen?«, fragt sie leise.

»Na, vorn am Wall«, schwindelt er.

Ich kann ihr jetzt nicht die Wahrheit sagen.

»Vor ihrem Wohnhaus war alles zugeparkt. Außerdem komme ich dort schlecht aus der Einbahnstraße wieder raus. Die paar Meter konnte sie nun wirklich allein laufen. Selbst ein Taxi wäre nicht dichter vor die Tür gefahren«, redet er sich heraus, »schließlich ist Karin nicht gehbehindert und hatte kein Gepäck.«

Von Isenberg dreht sich, während er spricht, verlegen beiseite. Die Diskussion ist ihm sichtbar unangenehm.

Oberkommissar Lux hat ihn genau beobachtet.

Der lügt doch.

22. Kapitel

»Schön, dass wir uns jetzt wieder alle auf einer professionellen Ebene begegnen«, meint der Pathologe von Isenberg zehn Minuten später und deckt den Leichnam Imre Westermanns ab.

»Hier«, er zeigt mit seinem Zeigestab auf den Toten, »liegt mein und euer aktuelles Problem. Dieser Mann ist definitiv ermordet worden.«

»Schei…«, sprudelt es aus Gesa heraus.

Dann muss ich das Hafenfest morgen stoppen.

»Kommt Friedhelm eigentlich auch noch?«, erkundigt sie sich nach Karins Assistenten, der den vertretenden von Isenberg sonst bei den Obduktionen unterstützt.

»Nein, er hat Feierabend. Der Friedhelm war den

ganzen Nachmittag am Untersuchen und Tüfteln«, antwortet von Isenberg gut gelaunt, als hätte es den Streit auf dem Flur nicht gegeben. Er lacht: »Kinder, es ist Samstagabend und bereits Viertel nach acht. Unser Friedhelm hat eine Verabredung … Oi, joi, joi! Mehr wollte er mir nicht verraten. Deshalb habe ich ihn nach Hause geschickt. Die feingeweblichen Analysen und das Toxscreen laufen ohnehin das ganze Wochenende. Aber über das Wesentliche wollte ich euch lieber heute schon informieren.«

Oberkommissar Lux nickt gequält.

Wichtigtuer.

Ein Anruf hätte es auch getan.

Er weiß doch, dass Gesa in Sorge wegen ihrer Freundin ist.

»Genaueres kann ich euch aber leider erst am Montag sagen«, plaudert von Isenberg munter weiter.

»Dann berichte uns bitte sofort das Ungenaue«, unterbricht Gesa ihn und schaut nervös auf ihre Armbanduhr.

Ich werde nach Karin fahnden lassen.

»Wenn ich dich richtig verstanden habe, bis du dir sicher, dass es Mord war, Niels?«

»Jein. Selbstmord käme bei einer Vergiftung ja eventuell auch infrage«, weicht von Isenberg aus.

Gesa seufzt erleichtert.

Dann stoppe ich das Hafenfest nicht.

Nur bei klarem Mordbeweis und Gefahr für die Allgemeinheit, hat Zimmermann angeordnet.

»Vielleicht hat unser prominentes Opfer ja die große Bühne für seinen Abgang gewollt«, überlegt von Isenberg.

»Nun werd mal nicht sarkastisch, Niels«, ermahnt ihn Gesa, »der Mann machte zu Lebzeiten keinen selbstmordgefährdeten Eindruck, aber hineinsehen kann man natürlich in niemanden.«

»Einen Unfall schließen Sie aus?«, fragt Niklas den Rechtsmediziner.

»Ja, so eine Blausäurevergiftung passiert nicht aus Versehen. Das Opfer hat in hoher Konzentration Cyanid im Blut. Allerdings nicht durch das von ihm verzehrte Fischbrötchen.«

»Wie hat er das Zeug sonst zu sich genommen?«, fragt Gesa erstaunt.

»Vermutlich beim Trinken.«

»Wie gut, dass Uwe Feddersen sämtliche Reste der Speisen und Getränke, die vor und während des Wettbewerbs verzehrt wurden, mit in die Kriminaltechnik genommen hat.«

»Mehr als die Hälfte davon ist inzwischen in meinem Labor gelandet«, stöhnt von Isenberg. »Wie gesagt, Montag kann ich euch mehr erzählen.«

»Die Symptome einer Cyanidvergiftung setzen ungefähr 15 bis 60 Minuten später ein«, meint Oberkommissar Lux, »da können wir schon davon ausgehen, dass Imre Westermann das Gift auf dem Fest oder unmittelbar während der Vorbereitungen zu sich nahm.«

Von Isenberg hebt kurz die Augenbrauen an: »Ich sehe, der Herr Kommissar kennt sich bestens aus.«

»Keine Sorge, Niels, ich habe gleich die nächste Frage an dich«, wirft Gesa ein. »Hätte er die Blausäure nicht riechen müssen? Der Bittermandelgeruch ist ziemlich stark. Der Mann war Koch und hatte demnach ein Näschen für Gerüche.«

»Dein Einwand ist durchaus berechtigt, Gesa, aber

bewiesen ist auch, dass fünfzig Prozent aller Menschen diesen Geruch genetisch bedingt gar nicht wahrnehmen … Ich gehöre auch dazu.«

Er grinst. »Also, falls du mich schnell loswerden willst.«

»Blödmann. Es ging doch nicht um dich, Niels. Ich mache mir Sorgen um Karin.«

»Ja, habe ich verstanden und es tut mir leid.«

»Okay. Wie hast du es dann herausbekommen?«, fragt Gesa, während Oberkommissar Lux den Leichnam genauer inspiziert.

»Der Friedhelm hat es gleich gerochen«, berichtet von Isenberg, »und im Blut des Toten haben wir später die entsprechende tödliche Menge Cyanid gefunden, die Friedhelms Verdacht bestätigte.«

Niklas Lux wendet sich nun an den Rechtsmediziner: »Wie sieht es mit einer allergischen Reaktion als Todesursache aus?«

»Auch möglich. Wir sind da dran.«

»Das haben Sie uns bisher aber nicht verraten«, beschwert sich Niklas.

Von Isenberg schaut ihn grimmig an.

Klugscheißer.

»Also, schlussendlich kann der Westermann nur einen Tod sterben. Ich habe doch am Anfang erklärt, dass ich heute nur das Wesentliche, das heißt nur das, was abgesichert ist, verkünden kann. Den Rest am Montag.«

Doch Niklas lässt nicht locker: »Was Sie bereits heute wissen, dürfen Sie uns ruhig schon mitteilen. Dafür sind wir hergekommen.«

»Ist der Kollege immer so bissig?«, beschwert sich von Isenberg flüsternd bei Gesa.

Doch Niklas hat es gehört. »Nein, nur wenn ich das Gefühl habe, dass mir jemand etwas Wichtiges verschweigt«, antwortet er und schaut dem Rechtsmediziner eindringlich in seine bernsteinfarbenen Augen.

Glaub nicht, dass ich wegen Karin lockerlasse.

Von Isenberg hebt beschwichtigend die Hände: »Meine Güte! Keine Panik auf der Titanic. Die Kriminaltechnik hat in dem Brötchen mit dem Bismarckhering, in das der Westermann als Letztes hineingebissen hat, Tierhaare gefunden. Da der Mann nach Arztauskunft allergisches Asthma hatte, kommt auch ein allergischer Schock in Betracht. Seine körperlichen Reaktionen, die letztendlich zum Herzstillstand führten, können auch daher rühren. Das wird aber gerade noch geprüft.«

»Mannomann!«, ruft Gesa aus. »Vielleicht wollte da jemand auf Nummer sicher gehen! Die Selbstmordthese oder einen Unfall können wir, glaube ich, abhaken.«

Zimmermann soll entscheiden, ob das Fest morgen wie geplant weiterlaufen darf.

»Oder es waren zwei Personen gleichzeitig am Werk, die dem Promiwirt ans schöne Leben wollten«, stellt Niklas in den Raum.

Dr. von Isenberg deckt den Leichnam jetzt wieder zu. »Also, eure Schlussfolgerungen müsst ihr selbst daraus ziehen«, sagt er. »Für heute war es das von meiner Seite.«

»Danke, Niels.« Gesa reicht ihm die Hand.

»Ich danke euch für den späten Besuch«, antwortet er und fügt dann leise hinzu, »und ich drücke die Daumen, dass Karin schnell wieder auftaucht.«

Niklas Lux schaut ihn sofort scharf an.

Heuchler.

»Auf Wiedersehen, Herr Doktor«, sagt er, »wir hören voneinander.«

Gesa wundert sich.

Warum ist der Lux auf einmal so förmlich zu Niels?

Nächste Woche
Montag

23. Kapitel

An der reetgedeckten Strandvilla der Westermanns sind die Rollladen an diesem Morgen noch heruntergelassen. Einzig durch das vergitterte Fenster des Tageslichtbades dringen ein paar Strahlen der Morgensonne in das Innere des großzügigen Anwesens.

Kerstin Westermann steht dort in zarter, weißer Spitzenunterwäsche vor dem Spiegel und zieht sich ihren Mund mit rosafarbenem Lipgloss nach.

Sie drückt ihr Gesicht so dicht an das Spiegelglas, dass ihre leicht gebogene Nase diesen fast berührt.

Sie prüft, ob sie zuvor mit dem Konturenstift zu weit über das Lippenherz gemalt hat. Aber alles sieht perfekt aus. Kerstin lächelt zufrieden.

Imre hat mich wegen meiner schmalen Lippen öfter aufgezogen.

Ich sollte sie auffüllen lassen.

Trotzig wirft sie ihren Kopf nach hinten, sodass ihr die braunen, langen Locken in sanften Wellen über die Schultern gleiten.

Raik gefällt mein Mund, wie er ist.

Ich küsse fantastisch, hat er gesagt.

Raik Winter, der junge zweiunddreißigjährige Koch der Meeresbrise, mit dem die zehn Jahre ältere Kerstin seit einem halben Jahr ein Verhältnis hat, öffnet die Tür zum Badezimmer.

»Du bist ja schon auf?«, wundert er sich und betritt schlaftrunken das in schlichtem Weiß gehaltene Bad.

Bei der Auswahl der Inneneinrichtung der Villa hatte sich Kerstin durchgesetzt. Sie mag es in Designangelegenheiten zurückhaltend, aber edel. Genauso hält sie es mit den Entwürfen und Materialien für das Porzellan der über hundertjährigen Westermann'schen Manufaktur, die sie inzwischen leitet. Ihr vorgestern ums Leben gekommener Ehemann zeigte dagegen gern, was er besaß.

Imre konnte nicht genug angeben.

Und er war leichtgläubig.

Vor allem gegenüber jungen, hübschen Frauen.

Mich hat er doch gar nicht mehr wahrgenommen.

Kerstins große, braune Augen funkeln wütend.

Doch ihr ebenmäßiges Gesicht entspannt sich sogleich, als sie ihren attraktiven Freund Raik ansieht. »Wollen wir ein Bad nehmen?«, fragt sie ihn und ehe er antworten kann, dreht sie den goldfarbenen Hahn über der opulenten Eckbadewanne auf.

Ohne Widerrede zieht der durchtrainierte Raik jetzt seine Boxershorts aus. Er streckt seine muskulösen Arme in die Höhe und rekelt sich. »Ich spring vorher kurz unter die Dusche«, sagt er und lächelt müde, »nur zum Wachwerden.«

Kerstin kann einfach nicht genug bekommen.

Fünf Minuten später steigt er zu seiner Freundin in die halbvolle Badewanne. Er setzt sich ihr mit ausgebreiteten Beinen gegenüber und legt die Arme so auf den Wannenrand, dass sein Bizeps gut zur Geltung kommt. Kerstins vom Schaum leicht bedeckter Körper erregt ihn.

Dass Imre so eine Klassefrau links liegen gelassen hat …

Fordernd schaut er sie an.

»Ich sehe, du bist wach, Raik«, stellt Kerstin zufrieden fest. Sie rutscht zu ihm herüber und setzt sich mit Schwung auf seinen Schoß.

Sie küssen sich lange und innig.

Kerstin greift ihrem Geliebten in seine nassen, halblangen Haare. »Ich habe eine Überraschung für dich«, flüstert sie ihm ins Ohr.

»Jetzt gleich oder danach?«, stöhnt Raik, der mit ein paar geübten Hüftbewegungen tief in sie eindringt.

»Später«, presst Kerstin stöhnend hervor. Sie hat sich sofort seinem Rhythmus angepasst.

Das Badewasser beginnt über den Wannenrand zu schwappen.

Egal, denkt sie und krallt sich in Raiks Rücken fest.

Es ist so schön.

Endlich bin ich frei.

Mit glühenden Wangen gießt Kerstin ihrem Geliebten eine Stunde später den Frühstückskaffee ein.

Ich fühle mich fantastisch, denkt sie.

Wenn nur die Arbeit mit der Meeresbrise nicht wäre.

Am liebsten würde ich die dichtmachen.

Aber Raik liebt den Laden.

Er ist Koch aus Leidenschaft.

Raik lässt zwei Stückchen Würfelzucker in seinen Kaffeebecher plumpsen und sieht ihr tief in die Augen »Du hattest vorhin von einer Überraschung gesprochen«, erinnert er Kerstin.

»Ja, genau. Nur nicht so ungeduldig, mein Prinz. Du hast doch sonst so viel Ausdauer.«

»Na, du hast gut reden, von Luft und Liebe kann ich aber nicht leben. Ich muss mich um einen neuen Job kümmern. Die Meeresbrise ist seit dem Wochenende geschlossen. Niemand weiß, wie es weitergeht.«

»Doch, ich!«, unterbricht ihn Kerstin und streichelt Raiks Hand, bevor er sich ein Brötchen aus dem Korb nehmen kann. Sie hält sie fest und verkündet feierlich: »Mir gehört die Hälfte der Meeresbrise und Imres Anteile fallen nach seinem Tod an mich.«

»Ach!«, staunt Raik und angelt sich jetzt doch ein Brötchen. »Das hast du mir ja gar nicht erzählt.«

»Ich empfand es für unsere Beziehung als unwichtig. Aber nun weißt du es. Ich werde dich ab jetzt zum Geschäftsführer ernennen. Das ist nur gerecht. Du bist doch derjenige, wegen dem die Leute die Meeresbrise besuchen. Du hast ihnen die spektakulären Gerichte gekocht, nicht Imre.«

»Aber er hat den Laden nach außen gut verkauft, das muss ich zugeben«, meint Raik bescheiden, »und mit der Bezahlung sind wir uns auch einig geworden. Wie du mir geraten hast, habe ich kurz vor der Eröffnung eine saftige Lohnerhöhung von ihm gefordert.«

»Na siehst du, Raik. In das Geschäftliche kann man hineinwachsen. Noch heute werde ich mit unserem Notar einen Termin vereinbaren und deinen Vertrag aufsetzen lassen.«

»Danke, Kerstin«, stottert Raik verlegen. Er traut sich nicht, seine Freude offen zu zeigen. Aber in seiner Brust macht sein Herz gerade Luftsprünge.

Es hat geklappt!

Früher als erwartet.

Ich fasse es nicht – endlich ein eigenes Restaurant.

»Aber«, gibt er zu bedenken, »was ist mit den Getränken? Da blicke ich nun wirklich nicht durch, Kerstin. Ich benötige Unterstützung, sonst fehlt mir am Ende die Zeit zum Kochen oder zum Ausprobieren neuer Gerichte und die Gäste sind unzufrieden.«

Kerstin winkt ab: »Du, das ist doch gar kein Problem. Endlich kann sich mein Bruder Volker mal nützlich machen. Er hat sich erst am Samstag bei mir beschwert, dass er Imre nicht mit Wein beliefern darf. Volker wird dir sicher helfen. Er hat sich in der Branche gut eingearbeitet. Solange er nicht zu viel Geld zwischen die Finger bekommt, klappt auch alles.«

»Wenn du meinst«, Raik schaut Kerstin skeptisch an.

Von Imre habe ich da andere Sachen gehört.

Na, der hat ohnehin geglaubt, alles selbst am besten zu können.

Ob er eigentlich gewusst hat, dass ich es seit Monaten mit seiner Frau treibe?

»Mach dir keine Sorgen«, beruhigt Kerstin ihren Freund. »Ich rede mit Volker und werde ein Auge auf die Zahlen werfen.«

Sie steht von ihrem Stuhl auf und schleicht wie eine Katze um den gedeckten Frühstückstisch. Dann stellt sie sich hinter Raik, der es endlich geschafft hat, sich sein aufgeschnittenes Brötchen mit Schinken zu belegen. Als er hineinbeißen will, legt Kerstin ihre Arme um seinen Hals. Sie schmiegt ihr Gesicht an seines.

Es kratzt ein wenig. Er ist noch nicht rasiert.

Ihre linke Hand wandert nach unten, bis zu seinem Hosenbund. Geschickt öffnet sie den Knopf vor dem

Reißverschluss und beginnt, Raik zwischen den Beinen zu massieren.

»Liebling, wenn ich nicht bald Frühstück essen darf, falle ich vor Hunger vom Stuhl«, protestiert er. Doch Kerstins schlanke Finger haben sich weiter vorgearbeitet und ihr Ziel bereits fest umfasst.

»Iss ruhig weiter!«, säuselt sie ihm ins Ohr. »So kannst du gleich beweisen, wie vielseitig du als mein neuer Restaurantchef bist.«

Doch Raik dreht ihr sein Gesicht zu und befreit sich kurzerhand aus ihrer Umarmung. »Die Einzige, die ich auf der Stelle verschlingen werde, bist du«, verspricht er ihr und springt von seinem Stuhl auf.

Dann reißt er Kerstin den engen Rock von den Hüften und trägt sie auf den Teppich vor dem Kamin, wo er sie behutsam ablegt.

Als er zwischen ihren Beinen versinkt, weiß sie, dass sie alles richtig gemacht hat. Es darf nie aufhören, denkt sie und bäumt sich vor Lust unter seinen Küssen auf.

Er ist es hundertprozentig wert.

24. Kapitel

Polizeimeister Iversen steckt seinen Kopf vorsichtig durch den Türspalt: »Moin, zusammen!«, begrüßt er die Kollegen im Großraumbüro der Kripo. »Ich hoffe, ich störe nicht.«

Er wedelt mit einem braunen Umschlag im DIN-A5-Format. »Der wurde bei uns in den Briefkasten geworfen. Ist für euch. Ich habe ihn durchleuchtet, aber nicht geöffnet.«

Der Polizeischüler Lasse läuft um den Empfangstresen und nimmt Iversen den Brief ab.

»Viel zu tun heute, was?«, sagt der und schaut zu Stefan und Lisa, die ihre Blicke nicht von den Bildschirmen lösen und eifrig auf ihren Tastaturen tippen. »Gibt's schon etwas Neues wegen des toten Promiwirts?«

»Nein, Iversen!«, ruft Stefan von seinem Platz durch den Raum. »Wenn, dann erfährst du es bestimmt als Erster«, frotzelt der neunundzwanzigjährige Kriminalmeister.

»Ich habe ja nur mal nachgefragt«, mault Iversen. »Mann, ist hier eine Stimmung! Übrigens, die Stapel mit den Beschwerdebriefen, weil unsere Bärin gestern das Hafenfest gecancelt hat, bringe ich euch lieber ein anderes Mal? Oder?«

»Behalte die bloß!«, bittet Lisa. »Wir können doch nichts dafür. Es war eine Anordnung von oben, Zimmermann persönlich hat den Stopp veranlasst. Bei Mord gab es keine Alternative.«

»Also ist der berühmte Wirt nicht an einer Gräte erstickt, wie man im Ort munkelt?«

»Nee, Iversen, falls du mehr wissen möchtest, frag die Hauptkommissarin. Aber wenn ich dir einen guten Rat geben darf, nicht jetzt«, warnt Lisa den wissbegierigen Polizeimeister.

»Verstehe. Hab schon mitbekommen, dass nach der Dr. Rose aus Kiel gefahndet wird.« Iversen krault sich nachdenklich das Kinn. »Das ist doch Gesas Freundin. Ich dachte, die Pathologie-Dame schwirrt noch in der Weltgeschichte herum. Aber seit ein paar Tagen ist sie wohl wieder zu Hause und seitdem wie vom Erdboden verschluckt.«

Lisa nickt betreten. »Dann bist du ja im Bilde, Iversen. Wir müssen jetzt weiterarbeiten und die nächsten Zeugenvernehmungen vorbereiten. Die Chefin hat gleich eine Dienstbesprechung angesetzt.«

»Okay, hab's kapiert! Man sieht sich und vergesst den Brief nicht«, verabschiedet sich Iversen. Er zeigt auf den an die Kripo adressierten Umschlag, den Lasse zuvor achtlos auf dem Tresen abgelegt hat.

Der Polizeischüler widmet sich stattdessen lieber wieder der defekten Schreibtischlampe, die Hauptkommissarin Bähr ihm zum Reparieren gegeben hat. Sie hat den ganzen Sonntag bis spät in die Nacht gearbeitet, am Ende gab die Lampe ihren Geist auf.

Mit Kennerblick setzt Lasse jetzt erneut den Schraubenzieher an.

Ist nur ein Wackelkontakt im Stecker.

Wahrscheinlich hat sie das Kabel zu oft geknickt.

»Lasse!«, ermahnt ihn Stefan, nachdem Polizeimeister Iversen das Büro verlassen hat. »Brauchst du eine Extraeinladung? Bring mal den Brief her, oder leg ihn besser gleich auf den Besprechungstisch!«

Lisa steht von ihrem Schreibtisch auf. Die Kriminalobermeisterin möchte nicht bis zu der in zwanzig Minuten beginnenden Sitzung warten und holt sich den Brief.

»Bist du etwa neugierig?«, fragt Stefan, der schwer damit beschäftigt ist, die Notizen des Oberkommissars Lux in ein für alle verständliches Protokoll einzufügen.

Zum Glück blicke ich langsam bei dem Neuen durch. Wenn man versteht, wie er tickt, sind seine Denkansätze wirklich nützlich für die Ermittlungen.

Stefan lächelt in sich hinein.

Der Lux nennt sie Hypothesen und muss dafür öfter das Phrasen-Sparschwein füttern.

Lisa hat inzwischen den Umschlag geöffnet und zieht ein weißes, gefaltetes Stück Papier hervor.

Nun schaut Stefan doch von seiner Arbeit hoch: »Was steht denn dort?«

»Nur, was wir ohnehin schon wissen«, antwortet Lisa enttäuscht. »Dass der Tod Imre Westermanns Mord gewesen ist. Viel interessanter wäre es«, meint sie, »zu erfahren, wer den Brief geschrieben beziehungsweise gebastelt hat.«

»Sind es ausgeschnittene Textschnipsel?«, will Stefan wissen. »Zeig mal her, bitte!«

Lisa bringt ihm den Brief. Er sieht sich das Blatt mit den aus bunten Buchstaben zusammengewürfelten Wörtern ganz genau an. »Ostseebild!«, behauptet er nach wenigen Minuten. »Das erkenne ich an der starken Druckerschwärze und der Schriftart.«

»Ui, du bist ja ein richtiger Schriftdeuter!«, lobt Lisa ihren Kollegen. »Was sagst du denn zu dem Text auf dem Umschlag? Stammt der ebenfalls aus der Ostseebild?«

»Nee, dabei handelt es sich um einen Textschnipsel aus einem Info- oder Werbeflyer, würde ich vermuten. Das Papier ist zu glatt für gewöhnliches Zeitungspapier.«

»Richtig! Mensch, Stefan, du bist heute aber ausgeschlafen!«, stellt Lisa anerkennend fest.

»Eher nicht«, gibt er zu. »Aber ich bin trotzdem fit.« Seine braunen Augen leuchten zufrieden.

Lisa wird stutzig.

Er wirkt glücklich.

Neuerdings ist er viel ausgeglichener.

Da steckt doch eine Frau dahinter!

»Hast du eine neue Freundin?«, fragt sie ihn unverblümt.

Stefan kann nicht verhindern, dass er rot wird.

»Komm, erzähl!«, fordert Lisa ihn auf. »Ich freue mich für dich.«

»Pst!« Stefan legt den Finger an die Lippen. »Es darf bitte niemand im Büro erfahren«, flüstert er.

»Kenn ich sie?«, fragt Lasse, der plötzlich mit der reparierten Schreibtischlampe hinter den beiden auftaucht.

»Lasse!«, schimpft Lisa. »Hast du mich vielleicht erschreckt! Was schleichst du dich denn so an?«

»Ich wollte euch nicht bei eurem Gespräch stören«, antwortet er kleinlaut, »sorry.«

»Ist schon gut«, sagt Lisa, die sich schnell wieder beruhigt hat. »Tut mir leid, dass ich dich gleich so angefahren habe«, entschuldigt sie sich bei Lasse. »Die Lampe kannst du hier an der Seite abstellen.«

Sie zeigt neben den Kopierer: »Ja, dort passt es. Die Chefin und der Lux möchten jetzt nicht gestört werden. Du könntest uns aber schon Kaffee für die Besprechung kochen, falls du Zeit hast, Lasse.«

Stefan gähnt. »Aber schön stark! Nimm einen Löffel Kaffeepulver mehr«, bittet er. Seine schlaflose Nacht fordert nun doch den ersten Tribut.

»Und, Lasse!«, ruft er dem Polizeischüler hinterher. »Klappe halten!«

Lasse lacht und legt die Hand zum Gruß an seine fuchsroten Haare: »Zu Befehl, Kriminalmeister Voß! Ich weiß von nichts.«

25. Kapitel

Oberkommissar Lux legt sich seinen inzwischen auf DIN-A4-Größe angewachsenen Notizblock für die in wenigen Minuten anstehende Dienstbesprechung zurecht.

Seine Skizzen werden immer umfangreicher, da reicht ihm der kleine Taschenblock, den er sonst für seine Mitschriften benutzt hat, nicht mehr aus.

Das sei ein gutes Zeichen, frohlockte sein Freund Holger, der Berliner Galerist, bei ihrem letzten Gespräch am Telefon. Holger wünscht sich nichts sehnlicher, als dass Niklas wieder malen würde. Wenigstens in deiner Freizeit, hat er zu ihm gesagt.

Nachdenklich schaut Niklas aus seinem Bürofenster auf den Innenhof. Zwei Möwen hacken sich zwischen dem ersten Herbstlaub um einen angebissenen Apfel.

Als ob ich genug freie Zeit hätte.

Und wenn – brauche ich dann keine leeren Leinwände, sondern lebendige Menschen um mich, die einfach für mich da sind.

Hier im Norden, an der Küste versuche ich sie zu finden.

Eine Frau wäre nicht schlecht.

Nach dem Beziehungsende mit Swantje hat sich bisher nichts ergeben. Auch wenn der Küstenklatsch mir ständig neue Verhältnisse andichtet.

»Niklas?« Gesa schaut zur Tür herein. »Komm, es geht los! Hast du dir schon den Obduktionsbericht ausgedruckt?«

»Ja. Soll ich ihn mitbringen?«

»Gern, ich hatte es vergessen. War mein Part, sorry.«

»Kein Problem, Gesa«, versichert Niklas ihr.

Sie sieht blass aus.
Ihre Sommersprossen springen ihr ja fast von den Wangen.
Sie hat die Nacht wieder nicht geschlafen.

»Gesa«, sagt er und hält sie am Ärmel ihrer Bluse fest. »Wie geht es Svenja in Australien?«

Ein Lächeln huscht über das sorgenvolle Gesicht der Hauptkommissarin. »Alles prima. Wir haben heute Nacht zwei Stunden geskypt.«

»Wunderbar! Aber ein wenig Schlaf benötigst du schon, Gesa.«

»Ich weiß, doch es fällt mir schwer, abzuschalten. Die Ungewissheit um Karins Verbleib treibt mich in den Wahnsinn.«

»Bloß nicht, wir müssen unseren Mordfall aufklären. Die Prominenz des Wirtes fällt uns jetzt vor die Füße. Hast du Zimmermanns Mail gelesen?«

»Überflogen«, gesteht Gesa. »Ich wollte mich nicht schon am frühen Morgen aufregen.«

Niklas nickt. »Eine weise Entscheidung. Zimmermann hat für morgen eine Pressekonferenz anberaumt, wir sollen bis dahin erste Ergebnisse liefern.«

»Der spinnt doch!«, erwidert Gesa. »Das musst du nicht ernst nehmen. Ich kenne ihn schön länger, Niklas. Wir erledigen unsere Arbeit so gut wie möglich. Ich kann uns wegen dem keinen Mörder backen.«

»Aber Lasses Mutter vielleicht«, scherzt Niklas.

Er ist froh, dass Gesa wenigstens für einen Moment zu ihrer alten Kampfeslust zurückgefunden hat.

Sie lacht: »Gute Idee. Wir können sie ja mal fragen.«

Die beiden sind nun im Großraumbüro angelangt, wo der Rest des Teams bereits mit den Kaffeetassen klappert.

»Schenkt ruhig ein! Mir nur halbvoll bitte«, sagt Gesa und zieht sich ihren Stuhl zurecht. »Wir fangen sofort an.«

Stefan hält den anonymen Brief hoch: »Den hat Iversen vor gut zwanzig Minuten zu uns gebracht. Der lag bei den Kollegen der Schutzpolizei im Hausbriefkasten.«

»Der Tod von Imre Westermann war Absicht«, liest Gesa laut vor. »Na, so schlau sind wir inzwischen selbst«, meint sie. »Aber der Absender weiß vielleicht mehr, kennt den Täter oder die Täterin.«

»Oder war es selbst«, gibt Lisa zu bedenken.

»Auch das ist möglich.« Gesa wiegt zufrieden mit dem Kopf. »Ich sehe, wir sind mittendrin im Thema.«

Lisa erklärt ihrer Chefin, was sie bereits herausgefunden hat. »Der Adressaufdruck wurde aus einem Flyer der Bezirkskriminalinspektion Kiel, in welchem unter anderem auch unsere Außenstelle aufgeführt ist, herausgeschnitten.«

»Interessant«, meint Gesa nachdenklich. »Ich habe auf dem Hafenfest jedenfalls keine Flyer verteilt. Du, Kollege Lux?«

»Nein.«

»Die Flyer liegen in der Gemeindeverwaltung aus«, fällt Stefan ein. »Ich erinnere mich genau – als ich letzte Woche den Aushang unseres Fußballvereins im Schaukasten vor dem Büro aktualisieren wollte und den Schlüssel benötigte, habe ich davon einige im Prospektständer vorgefunden.«

»Wir brauchen ja im Verein dringend neue Mitspieler«, berichtet Stefan weiter, »deshalb hatte ich einen schriftlichen Aufruf gestartet.« Er grinst. »Der Oberkommissar hat leider nicht lange durchgehalten. Besser gesagt, sein Rücken.«

Niklas, der sich gerade erste Informationen auf seinem Skizzenblock notiert, schaut hoch und winkt ab. »Ich denke, das tut jetzt nichts zur Sache.«

»Genauso ist es«, unterstützt Gesa ihn. »Mit Rätselraten kommen wir bei dem Brief nicht weiter. Ich schlage vor, dass sich Lisa und Stefan um dessen Herkunft kümmern und Oberkommissar Lux und ich als Nächstes die Witwe Westermann aufsuchen.«

»Gibt es dafür einen Grund?«, fragt Niklas. »Ich dachte, wir befragen zuerst die restlichen Zeugen. Zwei Wettbewerbskandidaten und die Kellnerin Pia Lorenz fehlen uns doch noch.«

»Ja, bis vor ein paar Minuten war das auch mein Plan«, antwortet Gesa und schaut abwartend in die Runde. »Diese Änderung ist sozusagen taufrisch. Jutta Petersen von der Gemeinde rief vor fünf Minuten an und hat mir freudestrahlend berichtet, dass die Meeresbrise nicht geschlossen wird, sondern der Koch Raik Winter ab sofort die Geschäftsführung übernimmt.«

»Ups, das ging aber schnell«, wirft Stefan ein.

»Fand ich auch, zumal er ja erst seit der Eröffnung dort arbeitet. Imre Westermann hat ihn aus einem Hamburger Lokal abgeworben.«

Lasse meldet sich, er hat etwas zu sagen.

»Na dann bitte schön, nicht so schüchtern!«, ermuntert Gesa ihn.

Der Polizeischüler wird ein wenig rot. »Also, ich weiß nicht, ob es stimmt, aber ich habe zufällig gehört, wie meine Mutter mit einer Freundin, von der sie immer mit den neuesten Backrezepten versorgt wird, über den Koch der Meeresbrise geredet hat.«

Lasse macht eine kurze Pause und greift nach seiner Cola. Er trinkt ja als Einziger im Team keinen Kaffee.

Bevor er die Flasche fassen kann, schiebt Lisa diese beiseite.

»Und weiter?«, fragt sie. »Erzähl erst weiter, bitte!«

»Ja, komm auf den Punkt, Lasse!«, fordert Stefan.

»Angeblich hat der Koch Raik Winter was Intimes mit Frau Westermann«, platzt es aus Lasse heraus.

»Kinder!« Gesa schlägt die Hände über dem Kopf zusammen. »Das ist doch wieder so ein Gerücht. Wisst ihr, mit wem ich aus unserem Ort angeblich schon alles in der Kiste war? … Ich habe aufgehört zu zählen!«

Niklas lacht. »Das mag ja sein. Aber wenn ich auf die Altersweisheit von Trude Hansen vertraue, sagt sie immer, dass in jedem Gerücht ein Körnchen Wahrheit steckt.«

»Was soll das denn jetzt bitte heißen?«, protestiert Gesa.

»Nichts«, meint Niklas und wendet sich nun an Lasse. »Haben Sie vielleicht auch mitangehört, woher die Freundin Ihrer Mutter ihr delikates Wissen bezogen hat?«

»Hab ich«, erklärt er stolz. »Die Hannelore, so heißt die Freundin, ist eine bekannte Hobbybäckerin. Sie veröffentlicht Videos auf YouTube und ihre Käsetorte ohne Boden ist ein Bestseller. Ihr habt die doch selbst probiert. Meine Mutter hat das Rezept von Hannelore.«

Stefan gähnt demonstrativ.

Gesa schaut auf ihre Armbanduhr. »Bitte überspringen Sie die Einzelheiten, Lasse, damit wir vorankommen!«

»Also, die Hannelore möchte wohl die Meeresbrise mit ihren Kuchenkreationen beliefern und hat dafür ein paar Kostproben vorbeigebracht. Sie hoffte, auf den prominenten Wirt zu treffen. Meine Mutter und sie sehen jede Kochshow mit dem Westermann.« Lasse stockt kurz. »Na, jetzt nicht mehr, wo er tot ist. Jedenfalls hat Muttis Freundin vor ein paar Tagen vormittags in der Meeresbrise nach dem Westermann gesucht und ist, weil vorn abgeschlossen war, über den Hinterhof gelaufen, bis in die Küche hinein. Dort hat sie beobachtet, wie der Koch und Frau Westermann sich geküsst haben.«

Gesa haut mit ihrer zarten Hand auf den Tisch, dass die Kaffeetassen nur so wackeln.

»Donnerwetter!«, ruft sie. »Das war neuer Langzeitrekord, Lasse, aber die Information ist wertvoll. Unsere Zeit leider auch. Deshalb bitte das nächste Mal etwas kürzer fassen.«

»Mach ich, Chefin!«, verspricht Lasse und nimmt endlich seine Flasche Cola, um daraus zu trinken.

Lisa, die ihm schräg gegenübersitzt, geht in Deckung.

Nicht, dass er wieder mit dem Strohhalm über den Tisch spritzt.

26. Kapitel

Gesa und Niklas stehen vor der verschlossenen Glastür des Restaurants Meeresbrise. Im Inneren herrscht bereits rege Geschäftigkeit, denn die Meeresbrise öffnet in einer halben Stunde zum Mittagstisch.

Gesa klopft ungeduldig an die Scheibe.

»Na endlich!«, stöhnt sie, als sich eine kurvige Rothaarige der Tür nähert.

Es ist die Kellnerin, Pia. Sie öffnet den Kriminalkommissaren. »Tut mir leid, ich habe Sie nicht sofort bemerkt«, entschuldigt sie sich. »Ich bin Pia Lorenz. Wir dürfen in Imres, äh, Pardon, Raik Winters Büro gehen.«

Hauptkommissarin Bähr und Oberkommissar Lux folgen ihr durch das Restaurant hindurch über den hinteren Flur.

Gesa ist nicht gerade begeistert von der Planänderung, statt Kerstin Westermann nun erst die Kellnerin Pia Lorenz zu befragen.

Aber die Witwe Westermann muss einen dringenden geschäftlichen Termin wahrnehmen und hat jetzt keine Zeit, die Kommissare in ihrer Strandvilla zu empfangen. Sie hat zugesagt, stattdessen am späten Nachmittag in der Dienststelle vorbeizukommen, um alle Fragen der Beamten zu beantworten, wie sie Gesa am Telefon versicherte.

Abwarten.

Mal sehen, wie kooperativ sie später wirklich ist.

Sie wäre nicht die erste Ehefrau, die ihren Gemahl wegen eines Geliebten ins Jenseits befördert.

Der Koch soll ein echter Hingucker und außerdem zehn Jahre jünger sein.

Den knöpfen wir uns als Nächsten vor.
Aber immer der Reihe nach.

»Da sind wir auch schon«, sagt Pia und öffnet die Tür zum Büro des Verstorbenen. Nichts Persönliches deutet mehr auf Imre Westermann hin. Der schwarz lackierte Schreibtisch ist leer. Alles ist blitzblank und aufgeräumt.

Das Büro erinnert eher an ein Hotelzimmer, denkt Gesa, fehlt nur noch das Bett.

Pia Lorenz zeigt auf die bequemen weißen Ledersessel in der linken Zimmerecke: »Bitte setzen Sie sich doch!«

Die Wand hinter der Sitzgruppe ist fast zur Hälfte von einem riesigen Gemälde mit tosenden Ostseewellen bedeckt.

Es hängt schief, denkt Oberkommissar Lux und möchte das golden gerahmte Bild am liebsten geraderücken.

»Was darf ich Ihnen zu trinken anbieten?«, fragt Pia. Sie deutet mit einer schnellen Handbewegung auf das sorgsam sortierte Getränkebüfett auf dem Sideboard.

»Ich nehme gern ein Glas stilles Wasser«, antwortet Niklas, »danke schön.«

Gesa bittet um einen Orangensaft. Ihr fällt ein, dass sie heute vor lauter Kummer noch nichts gegessen hat.

Flüssiges Obst muss fürs Erste genügen.

Ihr Magen fängt leise an zu knurren.

Wortlos stellt Pia eine Schüssel mit Salzcrackern auf den Tisch.

Wie aufmerksam, denkt Niklas und schaut ihr in die Augen.

Sie ist freundlich, aber nervös.
Mit ihrer Quirligkeit möchte sie darüber hinwegtäuschen.

»Nun setzen Sie sich doch endlich, Frau Lorenz!«, bittet er die Kellnerin. »Keine Sorge, wir beißen nicht. Es tut uns sehr leid, was mit Ihrem Chef passiert ist.«

Pia schluckt und nimmt gegenüber von Gesa und Niklas Platz. Der Oberkommissar belehrt sie und gleicht ihre Personalien, die bereits am Samstag beim Hafenfest aufgenommen wurden, sicherheitshalber noch einmal ab.

Hauptkommissarin Bähr nippt derweil an ihrem Saft und erinnert sich: Die arme Frau war am Tag des Unglücks nicht mehr ansprechbar. Der Tod Imre Westermanns hatte die junge Kellnerin, die aus dem Verkaufswagen der Meeresbrise alles live verfolgt hat, schwer getroffen.

»Auch mir tut es sehr leid, Frau Lorenz«, wendet sich die Hauptkommissarin an Pia. »Wie gut, dass Sie schon wieder arbeiten können und das Restaurant nun doch nicht schließen wird.«

Pia schürzt schnippisch ihre vollen Lippen: »Man wird sehen, wie es ohne Imre läuft.«

»Sie und Ihr Chef standen sich wohl sehr nahe?«, erkundigt sich Niklas mitfühlend bei ihr. Er sieht ihr tief in die Augen. »Erstaunlich, nach so kurzer Zeit. Die Meeresbrise hatte ja gerade erst eröffnet«, bemerkt er.

Doch Pia lässt sich nicht aus der Fassung bringen: »Ich habe schon vorher ein paar Jahre mit Imre zusammengearbeitet«, antwortet sie unbekümmert, »unter anderem als Assistentin seiner Kochwettbewerbe.«

»Aha, das erklärt es zweifellos«, gibt sich Niklas zufrieden. »Würden Sie uns bestätigen«, fragt er sofort weiter, »dass Herr Westermann die Fischbrötchen für den Wettbewerb alle persönlich belegt hat, so wie es auf den Werbeplakaten zu lesen war?«

Pia lächelt süßsauer. »Natürlich nicht!«, versichert sie. »Das hätte er doch gar nicht allein geschafft. Imre war nur das Aushängeschild. Im Vertrauen, er konnte selbst nicht einmal vernünftig kochen. Er hat sich lieber um die Bar und die Weine gekümmert, da hatte er ein gutes Händchen für. Gekocht hat Herr Winter.«

»Trauen Sie ihm die neue Geschäftsführung zu?«, will Gesa wissen.

Pia zögert einen Moment mit ihrer Antwort. »Ich kenne ihn ja nicht genau«, sagt sie und fügt leise hinzu: »Im Gegensatz zu Imres Frau. Sie duzt ihn sogar.«

Niklas greift den Gesprächsfaden wieder auf. »Ich komme erneut auf meine Frage zurück. Wenn es nicht Herr Westermann gewesen ist, wer hat dann die Brötchen vorbereitet?«

»Ich«, schluchzt Pia. »Ist er an einem davon gestorben?«

»Darüber dürfen wir Ihnen leider keine Auskunft geben«, bedauert Niklas und hakt nach: »Das heißt, niemand außer Ihnen hatte vor dem Wettessen Kontakt mit den Fischbrötchen?«

»Doch«, gibt Pia kleinlaut zu. »Eine Aushilfe. Maja heißt sie. Die hat alle auf die Teller gestapelt und raus auf die Tische gestellt. Aber sie hatte Gummihandschuhe an, genau wie ich. Imre achtete sehr auf Hygiene in seinem Betrieb.«

Gesa blättert in ihrer Zeugenliste.

»Ich kann hier keine Maja finden, Frau Lorenz. Sie haben dem Polizeibeamten nur die Teilnehmer des

Wettbewerbs und ihren eigenen Namen genannt.«

»Ich war doch so durcheinander. Wenn mein Mann nicht gekommen wäre und sich um mich gekümmert hätte, wäre ich zusammengebrochen.«

»Dann helfen Sie uns jetzt bitte weiter und geben Sie uns den vollständigen Namen und die Adresse Ihrer Hilfskraft.«

Pia schaut verlegen zur Seite. »Den weiß ich nicht. Die junge Frau stand auf einmal in vorschriftsmäßiger Kleidung vor unserem Verkaufswagen und hat behauptet, Imre schickt sie, sie soll mir helfen. Ich war heilfroh und habe nicht nachgefragt. Später ist sie plötzlich verschwunden.«

»Wann etwa?«, fragt Niklas sofort.

»Ich glaube, kurz bevor das schreckliche Unglück passiert ist, habe ich sie zum letzten Mal gesehen. Na, genau weiß ich es nicht. Wir haben doch alle das Wettessen verfolgt. Mein Mann Sven war auch im Publikum. Zum Glück. Er ist später gleich zu mir geeilt.«

»Dann werden wir Ihren Mann ebenfalls genauer befragen, Frau Lorenz«, sagt Niklas mit einem Seitenblick auf Gesa. Sie nickt.

»Zu der unbekannten Aushilfe benötigen wir eine Personenbeschreibung von Ihnen, und zwar so genau wie möglich.«

»Mhm. Ich versuche es«, verspricht Pia und zieht angestrengt ihre Stirn kraus. »Die Haarfarbe«, überlegt sie, »die weiß ich nicht. Sie hatte alle ihre Haare unter einer weißen Kochmütze verborgen. Aber sie war groß und ziemlich dünn. Der Kittel hat an ihr geschlackert.«

»Wie alt schätzen Sie die Frau?«

»Anfang dreißig. Ende zwanzig. Also, nur so ungefähr. Ihr Gesicht habe ich mir nicht genau gemerkt. Sie sah irgendwie ganz normal aus. Es gab nichts Auffälliges an ihr.«

Gesa lehnt sich frustriert in ihren Sessel zurück.

Was sollen wir mit der Beschreibung groß anfangen?

»Ich glaube, das war es dann fürs Erste, Frau Lorenz. Oder hast du weitere Fragen, Niklas?«

Oberkommissar Lux verneint.

»Ihren Ehemann müssten wir aber umgehend sprechen. Womöglich ist ihm als Zuschauer etwas aufgefallen«, sagt er.

»Auf dem Fest haben doch eine Menge Leute fotografiert«, meint Pia nachdenklich. »Ist denn auf deren Handys nichts zu sehen? Haben Sie unter den Besuchern schon einmal nachgefragt?« Pia weint jetzt. »Sie müssen unbedingt herausbekommen, wer Imre das angetan hat«, schluchzt sie.

Gesa lächelt milde. »Frau Lorenz, vielen Dank für Ihren Tipp. Aber unsere Kollegen sind schon mit der Sichtung und Auswertung des Bild- und Filmmaterials befasst. Trotzdem sind wir für jeden neuen Hinweis dankbar. Also, wann können wir Ihren Mann sprechen?«

»Das weiß ich nicht. Sven ist sehr fleißig. Mit einem normalen Job kann man ja heutzutage keine großen Sprünge machen, sagt er. Wir sparen für eine Kreuzfahrt. Immer Ostsee ist auch langweilig.«

»Was arbeitet Ihr Mann denn?«, fragt Gesa.

»Er ist als Fahrer beim Getränkehandel von Volker Westermann angestellt und dann besitzt er noch einen eigenen kleinen Transporter. Mit diesem hilft er mal hier, mal dort aus. Sobald es irgendwo Engpässe gibt oder jemand privat etwas transportieren muss.«

Gesa zieht die Brauen hoch und sieht Pia streng an.

Die schüttelt vehement den Kopf. »Nee, nee, alles ist in Ordnung. Der Nebenjob ist angemeldet, Frau Kommissarin. Für Imre ist Sven auch öfter gefahren.«

Oberkommissar Lux macht sich sofort Notizen. Er reicht Pia seine Visitenkarte.

»Ihr Mann möchte sich dringend bei uns melden. Richten Sie ihm das bitte aus«, sagt er, »und vielen Dank für die Getränke und die Bewirtung«, ergänzt er beim Anblick der leeren Crackerschale.

Gesa schaut schuldbewusst zu Boden.

Es ist Mittag.

Ich hatte nicht einmal Frühstück.

»Auf Wiedersehen, Frau Lorenz«, verabschiedet sie sich von Pia. »Bitte halten Sie sich zu unserer Verfügung. Es könnte sein, dass wir von der unbekannten Aushilfe eine Phantomzeichnung anfertigen müssen.«

»Mach ich«, verspricht Pia. Sie zieht das mittlere Schubfach im Sideboard auf und holt eine neue Tüte, diesmal mit Käsecrackern, hervor.

Gesa läuft das Wasser im Mund zusammen, als Pia die leere Schale auffüllt.

Die esse ich lieber als die salzigen.

Sie spürt, wie ihre Lippe brennt, als hätte sie eine Tüte gesalzener Erdnüsse auf einmal vor dem Fernseher verdrückt.

Nachdem sie und Niklas wieder vor dem Restaurant stehen, bittet sie ihn: »Wir müssen auf dem Rückweg unbedingt beim Bäcker anhalten. Ich benötige einen Kaffee und etwas Handfestes zu essen.«

Niklas schmunzelt. »Sehr gern«, willigt er ein, »nach der Ansicht von Trudes Freund Carlo muss man beim

Bäcker nur lange genug in der Schlange warten, um alles zu erfahren, was man wissen will.«

»Na, wenn der alte Leuchtturmwärter das sagt«, erwidert Gesa amüsiert, »stehen wir ja kurz vor der Aufklärung unseres Falls. Rufst du den Zimmermann an oder soll ich?«

27. Kapitel

Aufgeregt läuft Julia durch den Laboer Kurpark.

Dort hinten steht endlich eine leere Bank.

Sie möchte ungestört mit Volker Westermann telefonieren. Der Park befindet sich im Unterdorf in direkter Strandnähe und ist etwas ruhiger gelegen. Östlich an den Park grenzt das Oberdorf Laboes mit dem historischen Stadtkern.

Dort ist trotz des herbstlichen Wetters schon wieder der Teufel los.

Wo kommen nur die vielen Urlauber her?

Julia setzt sich auf die etwas abseits gelegene, weiße Parkbank und wählt die Handynummer von Imres Schwager Volker Westermann.

Am gestrigen Sonntag hat sie vergeblich versucht, mit ihm zu telefonieren, und ihm immer wieder auf die Mobilbox gesprochen.

Angeblich ist er unter der Woche mittags am besten erreichbar, hatte er ihr zugeraunt, bevor er am Samstag von dem Imbiss losgelaufen ist.

Doch auch dieses Mal meldet sich Volker Westermann nicht.

Schlimmer noch. Seine Mobilbox ist inzwischen ausgeschaltet.

Der Teilnehmer ist zurzeit nicht erreichbar.

So eine Schei…!

Wütend stopft Julia ihr Handy zurück in die Handtasche und starrt in den Himmel. Sie beobachtet eine Formation Zugvögel, die auf ihrem Weg in wärmere Gefilde vorbeifliegen. Wenn sie sich auf den Klippen ausruhen, verschmelzen ihre Rufe und das Rauschen des Meeres zu einer besonderen Klangkulisse, so hat es Julia in ihrem Reiseführer gelesen.

Für einen Moment hat sie das Gefühl, im Urlaub zu sein.

Ach, wenn es doch nur so wäre.

Traurig steht sie auf und schlendert weiter durch den Kurpark. Die windgeschützten Plätze rund um den Teich und seinen plätschernden Bachlauf laden eigentlich zum Entspannen ein, aber Julia quält nur ein einziger Gedanke.

Wie komme ich an das historische Rezept heran?

Kurz vor der Minigolfanlage bleibt sie stehen.

Ist denn das die Möglichkeit?

Die unbekannte Pfefferspray-Tante ist wieder aufgetaucht!

Als wäre nichts gewesen, sitzt diese auf einer Bank und telefoniert.

Genau dort, wo sich Julias gewählter Spazierweg nach einer Gabelung aufteilt.

Glück muss man haben.

Vorsichtig pirscht sie sich durch die zwischen den Wegen angelegte Bepflanzung an die fremde Frau heran.

Schitt!

Das bunte Herbstlaub raschelt unter ihren Füßen.

Aber die Frau ist zu abgelenkt und scheint sie nicht bemerkt zu haben. Konzentriert verfolgt Julia hinter zwei hochgewachsenen Eiben deren angeregtes Telefonat.

»Danke«, sagt die Unbekannte gerade erleichtert. »Dann kann ich ja wieder hoffen.«

Julia knirscht mit den Zähnen.

Gar nichts kannst du. Blöde Kuh!

Plötzlich bricht der Frau die Stimme weg. »Wann, glaubst du«, fragt sie aufgeregt, »werde ich endlich eine Nachricht von deiner Kontaktperson erhalten? Imre Westermann ist ja tot«, schluchzt sie. »Das lag doch nie in meiner Absicht.«

In Julia steigen Rachegedanken auf.

Wusste ich's doch, die Schlampe hat Imre auf dem Gewissen.

Wegen der werde ich meine Masterarbeit verhauen.

Mist, verdammter! Jetzt hat sie aufgelegt, bevor ich erfahren habe, wie sie Imre ins Jenseits befördert hat.

Na warte! Dir werd ich's zeigen!

Rasend vor Ärger und Wut verlässt Julia ihr Versteck. Ohne jegliche Vorsicht springt sie hervor und legt der Frau von hinten ihre Arme um den Hals, um sie zu würgen.

Du liebe Güte, was tue ich hier?

Julia ist über ihren Wagemut jetzt selbst erschrocken.

»Lass ja dein Pfefferspray stecken!«, zischt sie der Überrumpelten ins Ohr. »Ich weiß, was du getan hast!«

Doch dann geschieht etwas, womit die sportliche Julia nicht gerechnet hat. Ehe sie sich's versah, wirft die Fremde sie mit einem trainierten Handgriff über die Schulter.

Autsch!

Julia liegt auf dem Boden vor der Bank und zappelt hilflos wie ein Fisch auf dem Trockenen.

Sie stöhnt vor Schmerz.

Wo sind die vielen Urlauber, wenn man sie mal braucht?

»Was willst du?«, herrscht ihre Gegnerin sie mit rauchiger, tiefer Stimme an. Die Sohle ihres Stiefels hält sie Julia dabei genau vor das Gesicht.

Die dreht erschrocken den Kopf beiseite.

Wie redet die denn? Ist sie etwa ein Kerl?

Sie sieht gar nicht so aus.

Aber sie hat Bärenkräfte.

Julia rappelt sich vom Erdboden hoch und nimmt all ihren Mut zusammen: »Wer bist du? Hast du Imre Westermann getötet?«, fragt sie und bemüht sich dabei um einen forschen Ton.

»Ha!«, krächzt die andere Frau verzweifelt. »Warum sollte ich ihn umbringen wollen? Tot nützt er mir nichts.«

»Dann sind wir ja schon zwei«, erklärt Julia und klopft sich den Sand von ihrer engen Jeans.

Wütend schaut sie der Frau ins Gesicht.

Vielleicht ist die ebenfalls hinter dem historischen Rezept her.

Es soll unbezahlbar wertvoll sein, hat der Professor behauptet.

»Ich heiße Maja«, sagt die Fremde plötzlich leise, »wenn du willst, erzähle ich dir meine Geschichte. Aber nicht hier.«

Sie deutet mit der Hand auf eine Gruppe Spaziergänger, die sich den beiden nähert.

Julia schaut die Frau ungläubig an.

Woher kommt dieser plötzliche Sinneswandel?

Womöglich weiß sie, wo Imre das Rezept aufbewahrt hat.

Wenn ich seinen blöden Schwager nicht erreiche, ist diese Maja vielleicht meine einzige Chance.

»Einverstanden«, sagt sie. »Wo gehen wir hin?«

Maja steht von ihrem Platz auf der Bank auf.

»Zu meinem Auto. Ich möchte mir zuerst eine Jacke holen. Anschließend laufen wir an den Strand, würde ich vorschlagen.«

»Okay.«

Hört sich gut an, denkt Julia und mustert ihre neue Bekannte.

Ihre lange Strickjacke ist bei dem Herbstwind eindeutig zu dünn.

Nach zehn Minuten Fußmarsch stehen die beiden in einer abgelegenen Seitenstraße vor einem alten, rostigen Golf.

»Tut mir leid, für den öffentlichen Parkplatz fehlt mir das Geld«, entschuldigt sich Maja.

»Kenn ich«, meint Julia, die als Studentin selbst notorisch klamm ist. Sie schlingt sich fröstelnd ihre Arme um den Leib. Die Mittagssonne ist auf einmal hinter einer dicken schwarzen Wolke verschwunden.

»Ist dir auch kalt?«, fragt Maja. »Ich glaube, es gibt gleich einen Regenschauer. Wir könnten uns doch so lange ins Auto setzen«, schlägt sie vor und öffnet Julia die Beifahrertür.

Julia lässt sich in das durchgesessene Sitzpolster fallen.

Besser schlecht gesessen als schön nass geworden, denkt sie zufrieden. Maja steigt derweil auf der Fahrerseite ein, dabei beugt sie sich zu Julia herüber. »Rutsch mal bitte, ich muss kurz an meine Ablage.«

Als Julia den Kopf zur Seite dreht, ist es auch

schon passiert. Maja greift ihr mit der Hand blitzschnell an den Kehlkopf und drückt so fest zu, dass Julia reglos sitzen bleibt. Dann nimmt sie das Chloroform aus dem Handschuhfach, schüttet es auf ein Taschentuch und presst es der wehrlosen Julia ins Gesicht. Sie legt ihr noch hastig den Sicherheitsgurt an und startet anschließend sofort den Wagen.

Das Lenkrad hält Maja während der Fahrt fest umklammert. Ihre hellen Augen blicken starr geradeaus.

Tut mir leid.

Ich darf mich von niemandem aufhalten lassen.

28. Kapitel

»Moin, moin! Da sind wir wieder!« Mit diesen Worten begrüßt Gesa ihr in der Dienststelle verbliebenes Team. Niklas jongliert ein großes Kuchenpaket an ihr vorbei und läuft damit zum Besprechungstisch.

»Frischer Pflaumenkuchen!«, preist der Oberkommissar seinen Einkauf an.

Während Gesa sich beim Bäcker mit zwei halben Eibrötchen und einem Milchkaffee stärkte, hat er am Kuchenbuffet zugeschlagen und seine Kollegen natürlich nicht vergessen.

Lisa und Stefan springen begeistert von ihren Plätzen auf.

»Wo ist denn Lasse?«, fragt Niklas.

»Unten bei den Kollegen der Schutzpolizei. Er durchforstet einen Stapel Ostseebild, um die Buchstaben aus dem anonymen Brief abzugleichen.«

Gesa schüttelt den Kopf: »Mal ehrlich, macht das überhaupt Sinn? Bringt es uns denn weiter, wenn wir erfahren, aus welcher Ausgabe die Buchstaben ausgeschnitten wurden? Der Absender könnte auf eine viel ältere Veröffentlichung zurückgegriffen haben. Es wäre eine Sisyphusarbeit, das zu überprüfen. Da müssten wir ewig suchen.«

Niklas stimmt ihr zu: »Also, bei mir liegen die Zeitungen und Zeitschriften wochenlang herum, bis ich die in die Papiertonne bringe. Mit Glück finde ich noch eine vom letzten Jahr.«

»Gut«, meint Lisa, »dann hole ich Lasse wieder zu uns nach oben. Ich dachte nur, er soll doch in die Ermittlungen eingebunden werden …«

Stefan steht seiner Kollegin bei: »Wir benötigen jede nur mögliche Unterstützung! Hauptkommissar Zimmermann hat zwischendurch auch schon wieder angerufen. Morgen findet die Pressekonferenz statt und er wollte wissen, ob wir ihm endlich ein paar ermittlungsrelevante Fakten oder am besten neue Ergebnisse liefern können.«

»Wahrscheinlich nicht«, antwortet Niklas seelenruhig, während er den Pflaumenkuchen von dem Pergamentpapier befreit. Dabei beschmiert er sich die Hände mit dem klebrigen Guss. »Ich bräuchte mal dringend ein bis zwei Teller«, wendet er sich hilfesuchend an Gesa und lutscht die süßen Reste genussvoll von seinen Fingern ab.

Gesa verdreht die Augen.

Warum bringt er den Kuchen nicht erst in die Küche? Männer!

Sie läuft los.

»Frau Hauptkommissarin!«, ruft Stefan ihr hinterher.

»Ja, Stefan.«

»Ich finde, der anonyme Anruf von letzter Woche wegen des Überfalls in der Westermann'schen Strandvilla bekommt jetzt eine neue Bedeutung.«

Gesa bleibt stehen und nickt. »Sie haben recht, Kollege Voß. Vielleicht war das doch kein Scherz, obwohl Herr Westermann uns gegenüber so getan hat, als sei gar nichts passiert.«

»Dann werde ich die Aufnahme zur Stimmenanalyse nach Kiel geben«, schlägt Stefan vor.

»Ja, tun Sie das, bitte. Sehr gut.«

Gesa schaut auf ihre Armbanduhr.

Zum Glück ist noch ausreichend Zeit, bis Frau Westermann zu ihrer Befragung erscheint.

Ich werde mich vorher für ein Stündchen in mein Zimmer zurückziehen.

Als Gesa vor dem Geschirrschrank in der Küche steht, hört sie, dass in ihrem Büro gegenüber das Telefon klingelt.

Sie reißt die Tür auf und läuft hinein.

Wenn das erneut der Zimmermann ist, lege ich gleich wieder auf.

Auf dem Display ihres Apparates sieht sie, dass es sich um einen Anruf der Wasserschutzpolizei handelt.

Gesa nimmt ab.

»Bähr, Kripo Laboe«, meldet sie sich müde.

»Gesa! Ich bin's, Frank Lürsen.«

»Ach, Frank! Moin, moin, mein Lieber! Wo brennt's denn? Besser gesagt, wo wässert es denn bei euch? Bist du in Laboe? Komm ruhig vorbei, der Lux hat frischen Pflaumenkuchen besorgt.«

»Gesa!«, unterbricht Frank Lürsen die Hauptkommissarin.

Sie redet ja wie aufgezogen.

Das tut sie doch nur, wenn sie sehr aufgeregt oder chronisch übermüdet ist, denkt er. Er kennt Gesa, seit sie die Leitung der Kripo-Außenstelle in Laboe übernommen hat.

»Was ist denn nun?«, fragt sie ungeduldig.

Polizeimeister Lürsen räuspert sich. »Ich bin gerade in Kiel. Die Kollegen haben eine Handtasche aus dem Hafenbecken gefischt.«

Gesa krallt ihre Finger um den Telefonhörer.

»Ist es Karins Tasche?«, fragt sie leise.

»Leider ja, Gesa.«

»Bringt sie bitte in die Kriminaltechnik! Ich komme sofort dorthin.«

»Das musst du nicht. Du kannst den Kollegen ohnehin nicht helfen.«

»Aber ich möchte Karins Tasche und den Inhalt sehen«, antwortet Gesa trotzig.

»Du bekommst Fotos davon, so schnell es geht«, verspricht Frank Lürsen. »Ich werde Uwe Feddersen Bescheid geben.«

»Gut«, willigt Gesa nach einer kurzen Bedenkzeit ein, »du hast recht, Frank. Entschuldige mich jetzt bitte. Ich muss mich erst einmal sammeln«, stammelt sie mit letzter Kraft und legt auf. Dann schlägt sie die Hände vor ihr Gesicht.

Niklas, der sich inzwischen selbst auf den Weg in die Küche begeben hat, um einen Teller für den Pflaumenkuchen zu holen, sieht, dass die Tür zum Büro seiner Chefin nur angelehnt ist.

Er öffnet diese vorsichtig und erschrickt, als er sie so an ihrem Platz sitzen sieht. Gesa dreht sich zu ihm und lässt ihre Hände langsam sinken.

Niklas geht sofort einen Schritt auf sie zu.

»Gesa!«, sagt er. »Was ist denn los? Du weinst ja.«

29. Kapitel

Niklas hat ein schlechtes Gewissen, aber Gesa bestand darauf, dass er zu der Wohnungsbesichtigung hingeht. Die Befragung von Kerstin Westermann hatten beide zuvor noch gemeinsam durchgeführt.

Ohne neue Erkenntnisse.

Ein Verhältnis mit ihrem jungen Koch hat die Witwe vehement abgestritten. Gesa ist anschließend gleich nach Hause gefahren. Dass die Tasche ihrer vermissten Freundin im Kieler Hafenbecken gefunden wurde, hat ihr sehr zugesetzt.

Eigentlich müsste ich mich um sie kümmern, überlegt Niklas.

Aber sie wollte heute Abend allein sein.

Warum steht von Isenberg ihr nicht bei? Er ist ihr Freund.

Irgendwie scheint er selbst eine Aktie an Karins Verschwinden zu haben.

Wenn ich nur wüsste, welche.

Aber erst einmal also auf zur Wohnungsbesichtigung, denkt Niklas und tritt kräftig in die Pedale seines Rennrades.

Gesas Schwager Gerd liegt Niklas ständig in den Ohren, dass der ausziehen soll, weil er das Ferienhaus im benachbarten Seebad Kalifornien endlich wieder an Urlauber vermieten möchte.

Bisher waren Niklas' Mühen ohne Erfolg.

Vielleicht habe ich heute mehr Glück.

Die zur Besichtigung anstehende Dachgeschosswohnung in Laboe liegt nicht einmal zehn Minuten mit dem Fahrrad von der Dienststelle entfernt. Sie befindet sich in zweiter Reihe an der Promenade, was Niklas recht ist, denn er möchte lieber abseits vom Touristentrubel wohnen. So ruhig wie in seinem Strandhaus in dem beschaulichen Seebad Kalifornien ist es dort nicht, aber dafür wird er von der umlaufenden Dachterrasse mit einem direkten Blick auf die Ostsee entschädigt.

Um aus seinem jetzigen Haus hinter den Dünen das Meer sehen zu können, muss Niklas erst auf das Dach krabbeln oder sich sehr weit aus dem Dachbodenfenster hinauslehnen.

Trotzdem denkt er mit Wehmut daran, dort wieder auszuziehen.

Na, es ist nicht zu ändern.

Als Niklas in die kleine Privatstraße vor dem Mehrparteienhaus mit der erst kürzlich frei gewordenen Wohnung einbiegt, glaubt er seinen Augen nicht zu trauen.

Was ist denn hier los?

Bei dem Anblick der fünfzehn Meter langen Schlange wartender Menschen vor der Haustür möchte er am liebsten auf der Stelle wieder umdrehen. Gesa hatte ihn ja gewarnt und vorgeschlagen, dass er lieber zwanzig Minuten vor dem Termin da sein sollte.

Nun ist es neunzehn Uhr und ich bin anscheinend der Letzte.

Frustriert stellt Niklas sein Fahrrad in den einzigen noch freien Platz des Gemeinschaftsständers und sichert sein teures Rad wie gewohnt mit einem dreifachen Kettenschloss.

So viel Zeit muss sein.

Der junge Makler, den Niklas an dem Firmenlogo an dessen dunkelblauer Steppjacke erkannt hat, reicht ihm einen Papierbogen mit den Vorgaben für die Selbstauskunft.

»Bitte schön! Falls Sie sich die Selbstauskunft für den Mietinteressenten nicht von unserer Internetseite heruntergeladen und bereits ausgefüllt haben«, sagt er zu Niklas, »tun Sie das bitte jetzt.«

Er lächelt und schaut auf die zahlreichen Bewerber und Bewerberinnen, die sich vor Niklas in das Treppenhaus des dreistöckigen Mehrparteienhauses drängeln.

»Etwas Zeit haben Sie ja noch«, tröstet er Niklas. »Wir lassen immer nur maximal drei Interessenten zugleich in die Wohnung. Meine Kollegin leitet oben die Besichtigung.«

Er schaut auf die Rolex-Uhr an seinem Handgelenk. »Ich denke, nach Ihnen beenden wir diese für heute. Sonst bekommen wir womöglich mit den übrigen Bewohnern Ärger wegen nächtlicher Ruhestörung.«

Niklas nickt müde.

Macht, was ihr wollt.

Hauptsache, ich stelle mich jetzt nicht umsonst an.

Plötzlich braust eine junge Frau mit dunklen, kurzen Haaren auf einem Fahrrad heran. Drei Meter vor Niklas bremst sie abrupt.

Ihr Rennrad ist hochwertiger als mein eigenes, denkt er neidisch und mustert die rasante Fahrerin in der schwarzen engen Hose und dem körperbetonten roten Anorak.

Sehr ansehnlich.

Nicht nur das Fahrrad.

»Frau Doktor!«, ruft der Makler. »Ich dachte schon, Sie kommen gar nicht mehr. Bitte gehen Sie einfach an der Schlange vorbei. Sie werden bereits erwartet.«

Niklas sieht die Frau grimmig an.

Sie lächelt nur vielsagend.

Er zuckt mit den Achseln.

Was gibt es da zu grinsen?, denkt er.

Dann schaut er auf den Makler. Warum geht es nicht der Reihe nach?, will er den fragen, überlegt es sich aber doch anders.

Nach einer guten Stunde betritt Niklas als letzter Interessent die zur Vermietung anstehende Wohnung. Ein junges Pärchen schlendert ihm in der Tür leise diskutierend entgegen.

»Die Zimmer sind zu klein, Schatz. Und das Badezimmer auch …«, hört Niklas die beiden im Treppenhaus weiter tuscheln.

Na, ihm soll es recht sein.

Für mich passt der Grundriss.

Mehr als zwei Zimmer benötige ich nicht.

Es soll schließlich alles im bezahlbaren Rahmen bleiben.

In der schmalen, lang gezogenen Küche trifft er erneut auf die rasante Radfahrerin. Die etwa vierzigjährige, schlanke Frau misst gerade mit einem Zollstock die Wand unter den Wasseranschlüssen aus.

Ach ja, denkt Niklas, angeblich fehlt die Einbauküche, da diese im Zuge des Mieterwechsels erneuert werden soll. Daran hatte er gar nicht mehr gedacht. Eventuell würden seine Wünsche bei der Zusammenstellung der Küchenzeile berücksichtigt.

Eigentlich ist es mir schnurzegal.

Allzu viele Möglichkeiten gibt es bei dem engen Schlauch ohnehin nicht.

Ungeduldig beäugt er die Frau, die weiterhin in ihrer hautengen Radsportbekleidung am Boden hockt.

Hoffentlich räumt die Dame bald das Feld.

Was will die so lange hier?

Sie war doch gleich die Erste, die in die Wohnung hineindurfte.

Wie auf Kommando klappt die Frau ihren Zollstock ein. »Das passt!«, ruft sie dem Makler, der nun ebenfalls in die Küche kommt, entgegen.

Niklas verdreht genervt die Augen.

Darf ich auch mal in Ruhe gucken?

»Herr Schmieder«, wendet sich die kurzhaarige Brünette nun abermals an den Makler. »Die Küchenzeile könnte übermorgen geliefert werden«, sagt sie zu ihm. »Ob Sie so freundlich wären … dann vor Ort zu sein?«

Mit Entsetzen registriert Niklas den Augenaufschlag, mit dem seine Rivalin den Makler zu überzeugen versucht.

Warum verplempere ich meine kostbare Zeit?

Die Bude ist augenscheinlich schon vergeben, ärgert er sich.

Wütend macht er auf dem Absatz kehrt.

»Herr Lux«, ermahnt ihn der Makler. »Uns fehlt noch Ihre Selbstauskunft.«

Uns?, wundert sich Niklas und bleibt stehen.

Er hält Herrn Schmieder das ausgefüllte Formular entgegen.

Was soll's.

Die Hoffnung stirbt zuletzt.

»Das dürfen Sie gleich der Frau Doktor Stein geben«, erklärt ihm der Makler.

Niklas schnauft genervt.

Geht's noch?

Was geht die das an?

Da streckt ihm die Dame bereits freundlich ihre Hand entgegen.

»Sinje Stein«, stellt sie sich vor. »Guten Abend! Ich bin die Besitzerin der Wohnung. Also quasi Ihre zukünftige Vermieterin.«

Niklas wird rot.

Er gibt ihr das Blatt Papier und sie überfliegt dieses kurz mit ihren großen, dunkelbraunen Augen.

»Falls Sie überhaupt Interesse haben«, sagt sie und lacht.

»Selbstverständlich«, stottert er.

Nicht nur an der Wohnung.

Warum muss ich jetzt an ihr Rennrad denken?

Weil es mir gefällt.

Weil sie mir gefällt.

Nach einer kurzen Schrecksekunde hat Niklas seine Fassung zurückgewonnen. Nachdem der Makler aus der Küche gegangen ist, sagt er zu ihr: »Ich bin sonst nicht so unfreundlich. Darf ich Sie als Entschuldigung zum Abendbrot einladen?« Er macht eine kurze Pause, um ihre Reaktion abzuwarten. Doch ihr Gesichtsausdruck bleibt unverändert zugewandt. Mutig redet er weiter: »Nur, falls Sie auch noch nichts gegessen haben, so wie ich. Sie haben ja in der Selbstauskunft gelesen, wo ich arbeite. Da habe ich selten pünktlich Feierabend.«

»Das glaube ich gern«, antwortet Sinje, »und es trifft sich gut, denn ich habe den ganzen Tag über nichts Ordentliches gegessen. Es kommt aber darauf an, wo Sie hingehen möchten. Ich bin mit dem Fahrrad hier, wie Sie ja gesehen haben, und entsprechend sportlich bekleidet.«

»Das passt schon«, meint Niklas und lächelt.

Alles passt.

Er fühlt sein Herz vor Aufregung schlagen.

Was hat Gesa gesagt? Eines Tages, wenn du gar nicht damit rechnest, steht sie plötzlich vor dir.

Sie weiß, dass ich allein lebe, aber was ist mit ihr?

Soll ich sie einfach fragen, ob sie in einer Beziehung ist?

Einen Ehering trägt sie nicht.

Das muss aber nichts bedeuten.

»Das heißt, Sie nehmen meine Einladung an?«, vergewissert sich Niklas sicherheitshalber noch einmal.

»Sehr gern, wenn wir hier in der Nähe bleiben«, antwortet Sinje, als wäre es das Normalste von der Welt, von einem wildfremden Mann zum Abendbrot eingeladen zu werden.

»Na, das lässt sich einrichten. Ich warte unten am Fahrradständer«, sagt Niklas und ist auch schon aus der Küche verschwunden.

Man, man, denkt er, während er beschwingt die Treppenstufen hinunterspringt, ich darf es jetzt nicht verkacken.

Kriminalkommissar zu sein hat eben auch Vorteile.

Wer weiß, ob sie sonst einfach so mitkommen würde.

Dienstag

30. Kapitel

Sie hat wieder kaum geschlafen, denkt Niklas, nachdem er Gesa am nächsten Morgen in ihrem Büro begrüßt hat.

Im Gegensatz zu ihm. Seine Nacht war kurz, aber sehr erholsam.

So gut habe ich mich schon lange nicht mehr gefühlt.

Niklas hat den ganzen gestrigen Abend mit seiner neuen Bekannten Sinje Stein verbracht. Auch nach dem Abendbrot, das die beiden zuvor im »Goldenen Anker« zu sich genommen haben, unterhielten sie sich angeregt bei einer Flasche Rotwein, bis das Lokal gegen Mitternacht die Schotten dicht machte.

Ich werde sie wiedersehen.

Schon bald.

Nächste Woche.

Die achtunddreißigjährige Sinje Stein arbeitet als Kinderärztin in einer Kieler Gemeinschaftspraxis. Sie nimmt den Rest der Woche an einem Weiterbildungslehrgang in München teil und bleibt auch das Wochenende über dort, hat sie Niklas erzählt. Die Wohnung in Laboe hat sie erst vor Kurzem von einer Tante geerbt.

Wenn er möchte, kann er sie mieten, hat Sinje Niklas versprochen.

Ich weiß nicht, ob das wirklich so gut wäre.

Wie soll ich mich entscheiden?

Niklas überlegt, seinen alten, langjährigen Freund, den Berliner Galeristen Holger, anzurufen und um Rat zu bitten.

Gesa brauche ich gar nicht erst zu fragen.

Sie ist befangen, schließlich benötigt ihr Schwager das Ferienhaus.

Niklas schaltet seinen Computer an. Es dauert einen Moment, ehe der hochfährt.

Wenn Zimmermann uns nicht bald mit neuen PCs ausrüstet, kaufe ich mir selbst einen.

Plötzlich klopft es zaghaft an Niklas' Zimmertür. Gesa steckt ihren braunen Lockenkopf herein.

»Hast du einen Moment Zeit für mich?«, fragt sie.

»Natürlich! Wahrscheinlich sogar eine halbe Stunde. So lange dauert es nämlich, bis mein Computer mit allen Programmen voll funktionsfähig ist«, schimpft Niklas und ergänzt zähneknirschend: »An guten Tagen, wohlgemerkt.«

Gesa schaut ihn resigniert an: »Was soll ich denn tun? Mit den Bettelbriefen, die ich an Zimmermann und sogar an eine Etage über ihm geschrieben habe, könnte ich den langen Steg in unserem Jachthafen vollständig zukleistern. Außerdem habe ich gerade andere Sorgen …«

»Ich weiß«, entschuldigt sich Niklas, »mein Gemaule kommt unpassend. Wo und wie kann ich dir helfen?«

»Uwe Feddersen hat mir die Fotos von Karins Handtasche und deren Inhalt gemailt. Ich dachte, wir schauen sie uns gemeinsam einmal an«, bittet sie Niklas. »Vor meinen Augen tanzen zurzeit nur bunte Kreise. Ich bin chronisch übermüdet.«

»Selbstverständlich.« Niklas greift nach seinem Kaffeebecher. »Ich komme sofort mit zu dir herüber«, sagt er und folgt Gesa in ihr Büro.

»Fällt dir etwas Besonderes auf?«, fragt Gesa ihn und scrollt die Bilderleiste mit den einzelnen Fotos von oben nach unten und wieder zurück. Obwohl die Tasche stark durchnässt war, kann man deren Inhalt auf den einzelnen Bildern deutlich erkennen.

Gesa stöhnt. »Ich sehe nur Dinge, die Karin gehören, oder Sachen, die jede x-beliebige Frau in ihrer Handtasche mit sich herumschleppt, sobald diese über ausreichend große Fächer verfügt«, stellt sie enttäuscht fest.

Niklas schaut sich jedes Bild erneut aufmerksam an: Schlüsselbund, Handy, Ladekabel, Karins Brieftasche und deren Inhalt …

So viele Kreditkarten?

Man merkt gleich, dass sie eine Weltenbummlerin ist.

Kosmetik, Taschentücher, Kugelschreiber, Nähzeug, sogar ein Knopf …

Moment mal!

»Gesa, zeigt doch bitte noch einmal das Foto mit dem Knopf!«, bittet er.

»Sofort!«, antwortet sie. »Der Knopf ist auf einem extra Foto abgebildet worden, da er separat in einem kleinen, mit einem Reißverschluss gesicherten Seitenfach von Karins Handtasche gefunden wurde, während das andere Nähzeug lose zwischen der Kosmetik im mittleren Hauptfach lag.«

»Interessant.« Niklas runzelt die Stirn. »Vergrößere mal bitte auf dreihundert Prozent!«

»Ja«, sagt er, »das ist tatsächlich der Perlmuttknopf eines teuren Herrenoberhemds. Ich kenne die Marke.«

»Ach, und ich dachte, da Karin ja gern Blusen trägt, hat sie einen als Reserve bei sich. Du bist dir sicher, dass der Knopf von einem Herrenhemd stammt?«

»Ja, absolut sicher. Ich besitze selbst ein paar Oberhemden für besondere Anlässe, mit genau solchen aufwendig verzierten Knöpfen. Siehst du die sternenförmigen Zacken auf dem Perlmutt um die zwei Knopflöcher, Gesa? Die findest du nur bei der Edelmarke von der Firma Komet, und diese produziert ausschließlich Oberbekleidung für Herren.«

Gesa schlägt sich mit der Hand vor den Kopf. »Was bin ich heute für ein Blindfisch! Die Firma sagt mir etwas! Niels trägt nur Hemden von denen. Du weißt ja, er legt viel Wert auf seine äußere Erscheinung. Bisher habe ich mir die Knöpfe an seinen Hemden aber nie genauer angeschaut.«

Wenn wir uns treffen, behält er sein Hemd ja nie lange an.

»Hältst du es für möglich«, fragt Gesa, »dass der Knopf aus Karins Tasche von Niels' Oberhemd stammt?«

»Warum nicht? Am besten, du fragst ihn nach dem Hemd, das er am Samstag getragen hat. Vorher hat er Karin ja gar nicht getroffen. Er soll mal prüfen, ob da noch alle Knöpfe dran sind.«

Gesa überlegt. Sie rutscht nervös auf ihrem Stuhl hin und her.

»Möchtest du ihn gleich sprechen?«, fragt Niklas. »Ich kehre solange zurück in mein Büro und schaue nach, ob das E-Mail-Postfach am Überquellen ist.«

»Ja«, antwortet Gesa leise und sieht ihn dankbar an.

Inzwischen verstehen wir uns blind.

31. Kapitel

Während Niklas zurück an seinen Arbeitsplatz geht, um seine Mails zu prüfen, telefoniert Gesa sofort mit ihrem Freund Dr. von Isenberg.

»Gesa!«, ruft er fröhlich und so laut, dass sie den Abstand zwischen dem Telefonhörer und ihrem Ohr vergrößert.

»Warum schreist du so, Niels?«, fragt sie ihn.

»Tue ich das? Oh, Verzeihung. Die Macht der Gewohnheit. Wir haben seit gestern eine Baustelle vor dem Gebäude der Rechtsmedizin. Die Straßenbauer fräsen die halbe Straße auf. Was glaubst du, wie laut es ist, wenn die Presslufthammer bis zu uns hinauf dröhnen.«

»Das kann ich mir lebhaft vorstellen«, antwortet Gesa. »Der arme Friedhelm. Er ist doch so lärmempfindlich, das hat er mir mal verraten, als bei euch ein Rauchmelder defekt war und ununterbrochen gepiept hat.«

»Woran du dich alles erinnerst«, wundert sich von Isenberg. »Aber gut, dass du anrufst, Gesa. Du bist mir nur um Minuten zuvorgekommen, denn ich kann euch nun mit an Sicherheit grenzender Wahrscheinlichkeit bestätigen, dass Imre Westermann an einer Blausäurevergiftung starb und nicht an einer allergischen Reaktion. Seine Katzenhaarallergie ist nur mäßig ausgeprägt. Die Haare auf dem Fischbrötchen hätten schlimmstenfalls eine Nies- oder Hustenattacke bewirkt.«

»Aha! Danke, Niels, dann werden wir verstärkt die Spur der Cyanid-Vergiftung verfolgen. Du glaubst doch weiterhin, dass er das Gift mit einem Getränk zu sich genommen hat?«

»Ja, zum Beispiel mit einem Champagner, der übertüncht den Bittermandelgeschmack etwas. Aber, wie gesagt, Herr Westermann muss zu der knappen Hälfte der Bevölkerung gehören, die den Geruch nicht wahrnimmt und damit auch nicht den Geschmack. Die Konzentration in seinem Blut war zu hoch, das hätte er merken müssen. Maximal eine Stunde vor seinem Tod hat er das tödliche Getränk zu sich genommen.«

»Niels«, unterbricht Gesa den Redeschwall des Pathologen, »danke für deine Ausführungen. Ich rufe eigentlich aus einem anderen Grund an.«

»Nun bin ich aber gespannt.«

»Ich weiß nicht, ob es sich schon bis zu euch herumgesprochen hat: Karins Handtasche wurde gestern im Kieler Hafenbecken gefunden.«

»Ist nicht wahr!«, ruft von Isenberg erschrocken. »Warum hast du mir denn nicht Bescheid gesagt, Gesa? Du weißt, dass das keine gute Nachricht ist. Deine Befürchtungen haben sich hoffentlich nicht bewahrheitet.«

Gesa schluchzt kurz. »Ich habe solche Angst und die letzte Nacht wieder kein Auge zugetan.«

»Aber, Gesa, warum hast du mich nicht angerufen? Ich wäre doch sofort zu dir gekommen.«

»Danke, das ist lieb, aber ich wollte gestern Abend lieber allein sein.«

Von Isenberg schweigt jetzt.

»Bist du denn immer noch sauer auf mich?«, fragt er leise.

Gesa beantwortet seine Frage nicht, stattdessen erkundigt sie sich nach dem Oberhemd, das Niels am

Freitagabend während des Restaurantbesuchs getragen hat.

»Das hellblaue Komet-Hemd, meinst du?« Von Isenberg denkt nach. »Das habe ich aussortiert. Ein Knopf ist abgerissen, genau auf der Brust. Der feine Stoff ist dort leicht beschädigt worden.«

»Kannst du mir sagen, wann und wie das passiert ist?«

»Nein«, schwindelt von Isenberg. »Ich muss da irgendwie hängen geblieben sein.«

»Sicher?«, hakt Gesa nach.

»Ja doch! Warum fragst du mich denn solchen Kleinkram?«, erwidert er verärgert.

»Gut, Niels«, sagt Gesa. »Dann kannst du mir bestimmt erklären, wie genau so ein Hemdknopf in Karins Handtasche gelangt ist?«

»Nein, das kann ich nicht. Bei aller Liebe, Gesa, von diesen Knöpfen gibt es Tausende, ach was sag ich …«

»Niels, ich muss dir doch nicht begründen, dass die Umstände sehr dafür sprechen, dass es sich um den fehlenden Knopf von deinem Hemd handelt. Karin könnte ihn gefunden und eingesteckt haben, um ihn für dich aufzubewahren.«

Gesa überlegt: ›Wenn sie ihn im Auto gefunden hat, hätte sie ihn Niels doch gleich zurückgegeben. Er muss ihn draußen verloren haben.‹

»Hast du Karin doch noch zur Haustür gebracht?«, fragt sie. »Du meintest bisher, dass du sie an der Hauptstraße aus dem Wagen gelassen hast.«

»Ist das eine Vernehmung?«, wundert sich von Isenberg. »Dann möchte ich meinen Anwalt anrufen.«

»Was soll der Blödsinn, Niels? Ich frage doch nur.«

»Na gut«, lenkt von Isenberg endlich ein, »es stimmt, ich habe Karin aus dem Auto herausgeholfen, damit sie nicht in eine Pfütze tritt. Sie hat sich an mir festgehalten und mir dabei den Knopf abgerissen.«

Gesa schnauft wütend: »Warum sagst du das denn nicht gleich?«

»Weil …«, stottert Niels, »da ist noch etwas. Aber reg dich jetzt bitte nicht auf! Ich erzähle es auch nur, weil Karins Tasche im Hafenbecken gefunden wurde und ich mir jetzt auch Sorgen mache …« Er stockt.

Gesas Nerven sind zum Zerreißen gespannt. »Was ist denn nun, Niels? Lass dir bitte nicht jede Kleinigkeit aus der Nase ziehen!«

»Ich habe Karin nicht an der Hauptstraße vor ihrem Haus abgesetzt.«

»Wo dann?«

Niels von Isenberg berichtet Gesa nun, dass ihre Freundin noch am Hafenbecken spazieren wollte und sie deshalb beim Schifffahrtsmuseum ausgestiegen wäre.

Gesa hat das Gefühl, den Boden unter den Füßen zu verlieren.

Zum Glück sitze ich.

»Und das soll ich dir jetzt noch glauben, Niels?«

»Natürlich! So war es. Ich schwöre, es ist die Wahrheit.«

»Musst du nicht. Ich werde es herausbekommen, so oder so«, antwortet Gesa mit schneidender Stimme. »Mach's gut, Niels! Ich werde mich mit meinem Kollegen beraten. Du hörst von uns.«

»Ach! Vergiss es!«, flucht von Isenberg laut. »Dein schlauer Oberkommissar Lux hat mich schon am

Samstagabend bei eurem Besuch in der Rechtsmedizin am liebsten verhaften wollen.«

Er hat deiner Version eben gleich nicht getraut, denkt Gesa und knallt wütend den Hörer auf.

32. Kapitel

Nachdenklich begibt sich Niklas mittags auf den Weg zu seiner ehemaligen Wirtin und Freundin Trude Hansen.

Das Gespräch mit Gesa über Dr. von Isenberg lässt ihm keine Ruhe. *Dessen Rolle bei Karins Verschwinden ist mehr als mysteriös.*

Womöglich werden wir gegen ihn ermitteln müssen.

Nur ungern hat Niklas Gesa jetzt mit ihren Problemen in der Dienststelle allein gelassen, aber sie kennt Trude viel länger als er und weiß, wie sehr sich die alte Dame über seinen Besuch freut.

Du darfst ihr nicht absagen, hat Gesa gemeint.

Niklas beschleunigt sein Lauftempo etwas. Er muss sich beeilen. Zwar sind es nur ein paar Minuten zu Fuß von der Dienststelle zu Trudes Kapitänshäuschen, aber die Einundachtzigjährige legt großen Wert auf Pünktlichkeit und es ist bereits fünf Minuten vor zwölf.

Bestimmt klappert sie schon mit den Tellern.

Als Niklas an der grün gestrichenen Haustür des historischen Fachwerkhäuschens ankommt, empfängt Trude ihn schon im Türrahmen stehend. Sie hat ihren Krückstock an die Hauswand gelehnt und wedelt verzweifelt mit einem Handtuch.

Dicker weißer Qualm zieht nach draußen und hüllt Niklas ein.

»Das ist mir in meinem Leben noch nie passiert!«, schimpft Trude. »Stell dir vor, Niklas, mir sind die Kartoffeln angebrannt, weil ich im Wohnzimmer zu lange mit Carlo telefoniert habe.«

Niklas kann sich ein leichtes Grinsen nicht verkneifen.

Ach ja, die Liebe.

Nun merkt sie selbst, wie durcheinander man da sein kann.

Seit die schon viele Jahre verwitwete Trude in dem pensionierten und ebenfalls verwitweten Leuchtturmwärter Carlo einen neuen Lebensgefährten gefunden hat, ist ihr Tagesablauf weniger strukturiert. Carlo hat öfter spontane Einfälle für Unternehmungen und überrascht Trude dann von einem Moment auf den anderen. Zusammenziehen wollen die beiden aber nicht. Das tue ich mir in meinem Alter nicht mehr an, hat sie Niklas versichert.

Na, abwarten.

Niklas nimmt Trude das Handtuch ab und wedelt jetzt selbst kräftig, damit sich der Rauch aus dem Flur nach draußen verzieht.

»Warum grinst du eigentlich so, Niklas?«

Er wird rot. »Entschuldigung, das habe ich nicht böse gemeint. Es tut mir leid um deine Kartoffeln. Ich esse aber gern eine Scheibe Brot zu dem Pannfisch.«

Trude hat ihm heute das Lieblingsessen ihres verstorbenen Mannes Kurt, ein Pfannengericht aus verschiedenen Fischstücken und einer kräftigen Senfsoße, gekocht.

»Das wirst du wohl auch müssen«, sagt sie und

lacht nun über ihr Missgeschick. Sie greift nach ihrer Krücke und schließt die Tür.

Der Wellen schlagende, lange Läufer, den sie in ihrem spärlich beleuchteten Flur auf dem Boden liegen hat, ist eine echte Stolperfalle. Niklas hat ihr schon mehrmals angeboten, diesen auszutauschen. Aber Trude hat jedes Mal die gleiche Antwort gegeben: Wenn sie es nicht mehr schafft, darüberzulaufen, soll Niklas sie in dem alten Ding einwickeln und hinaustragen.

Mit forschem Schritt läuft Trude in ihre Küche. Den Topf mit den verkohlten Kartoffelresten hat sie zuvor schon in die Spüle gestellt und eingeweicht. Sie steckt sich flink die Haarnadeln in ihrem Dutt fest und probiert dann ihre Sauce.

»Lecker und zum Glück heiß genug«, stellt sie zufrieden fest. »Nimm mal die Pfanne mit dem Fisch vom Herd und bring sie ins Wohnzimmer!«, bittet sie Niklas. »Eingedeckt habe ich schon. Ich schneide uns jetzt ein paar Scheiben frisches Schwarzbrot ab. Das schmeckt dazu genauso gut wie Kartoffeln, oder?«

»Besser, Trude!«

»Nun lüg mal nicht, du Charmeur. Du hast ja noch deine Jacke an«, wundert sie sich.

»Aber die Schuhe habe ich ausgezogen. Du bist vorhin so schnell vorgerannt«, entschuldigt sich Niklas und nimmt eine kleine Pralinenschachtel aus der Innentasche seiner Jacke. »Bitte schön, für dich. Nougatpralinen aus der Bonbonniere.«

Trudes kleine graue Augen leuchten. »Dass du jedes Mal daran denkst …«, bedankt sie sich und legt die Pralinen auf dem Küchentisch ab. »Aber nun, Marsch, nach vorn! Häng die Jacke an der Garderobe auf und nimm dir deine Puschen aus dem Schuhregal!«

»Und die Fischpfanne?«

»Die kannst du anschließend aus der Küche holen. Ach, nein, vorher gehst du bitte zur Speisekammer und suchst uns eine Flasche meines Lieblingsrotweines.«

»Das tue ich gern, aber nicht für mich, ich bin im Dienst.«

»Ja, stimmt. Du musst endlich mal wieder am Wochenende vorbeikommen.«

»Vor zwei Wochen, als ich Zeit hatte, bist du mit Carlo zu einer Dampferfahrt auf der Förde aufgebrochen.«

»Das habe ich im Nachhinein schwer bereut. Dieses Geschaukel war nicht zum Aushalten«, schimpft Trude, während sie ein paar dicke Scheiben Schwarzbrot abschneidet.

Fünf Minuten später sitzen Trude und Niklas an dem großen, ovalen Esstisch in Trudes Wohnzimmer und lassen es sich schmecken.

»Prost!« Trude erhebt ihr Weinglas und Niklas erwidert den Gruß mit seinem Wasserglas. »Dein Pannfisch ist wieder vorzüglich gelungen und die Soße erst. Die ist preisverdächtig.«

»Apropos Preis, Niklas«, sagt Trude und stippt ihren Brotkanten in die glänzende, gelbe Senfsoße, »müsste mein Carlo nicht seinen Gewinn einlösen? Er hat doch das Fischbrötchen-Wettessen gewonnen. Zum Zeitpunkt des Abbruchs lag er vorn.«

Niklas verzieht die Mundwinkel. »Trude …«, beginnt er zaghaft mit seiner Antwort.

»Stopp!«, ruft sie und hebt ihre kleine runzlige Hand hoch. »Ich weiß, was du jetzt sagen willst. Es wäre pietätlos und unhöflich, so etwas einzufordern. Carlo möchte daher nicht nachfragen. Ich dagegen finde es überhaupt nicht schlimm, sondern nur gerecht. Die Meeresbrise hat weiterhin geöffnet. Die Familie Westermann ist schwerreich, denk nur an das teure Porzellan, das die verkaufen … Da werden die meinem Carlo wohl das versprochene Vier-Gänge-Menü für zwei Personen spendieren können.«

Trude ist vor lauter Aufregung hochrot. Sie nimmt einen großen Schluck Wein.

»Als Carlo während des Wettbewerbs vorn lag«, erzählt sie, »hatte ich mich schon so gefreut. Du hast doch selbst mitbekommen, was ein Essen in der Meeresbrise kostet.«

»Wenn du es so siehst«, lenkt Niklas ein, »aber ich würde Carlo die Entscheidung überlassen«, redet er sich heraus.

»Na gut«, meint Trude, »der hat sich entschieden. Er will nicht.«

Sie sieht traurig aus.

»Wenn du möchtest, lade ich dich in die Meeresbrise ein«, schlägt Niklas ihr vor.

»Um Gottes willen! Wir werfen denen doch nicht dein sauer verdientes Geld in den Rachen« protestiert Trude. »Davon bekoche ich dich zwei Wochen lang.«

Niklas lächelt sie an: »Und es schmeckt auch viel besser.«

Nach dieser Antwort ist Trude zufrieden und scheint das leidige Thema endlich abzuhaken. Erleichtert lehnt Niklas sich in seinem Stuhl zurück. Doch seine Verschnaufpause währt nur kurz, denn Trude ist bei ihrem zweitliebsten Thema angelangt.

»Wie sieht es denn mit den Frauen aus, Niklas?«, fragt sie neugierig. »Du wirkst heute so entspannt, obwohl ihr bestimmt wegen des toten Promiwirts Überstunden leisten müsst.«

Niklas senkt den Kopf und löffelt schnell seine Soße weiter.

Trude merkt alles.

»Wusst ich es doch!«, triumphiert sie. »Sag jetzt nur nicht, es handelt sich um deine hübsche, junge Bekannte vom Hafenfest«, lästert sie sofort. »Als Gesa und ich dich gesucht haben, warst du mit der am Plaudern.«

»Ich bin ihr auf dem Fest ganz zufällig wiederbegegnet. Frag Gesa, wenn du mir nicht glaubst. Die Frau ist uns letzte Woche auf unserer Fahrt über den Dünenweg mit ihrem Fahrrad vors Auto gestürzt.«

»Ach so«, sagt Trude enttäuscht. »Für mich hast du auf dem Hafenfest schon etwas geflirtet, mein Lieber.« Sie droht Niklas mit dem erhobenen Zeigefinger. »Die ist zu jung für dich und außerdem liebt sie Frauen.«

Niklas verdreht die Augen. »Na, du musst es ja wissen.«

»Freilich. Von mir aus darf jeder seine Liebe öffentlich zeigen.«

»Zum Glück ist das inzwischen so«, wirft Niklas ein.

»Na siehst du, daher weiß ich es auch. Der Carlo und ich waren gestern nach dem Mittagessen im Kurpark spazieren, da habe ich von Weitem beobachtet, wie deine blonde Bekannte ihrer Geliebten erst die Arme um den Hals gelegt hat und ihr anschließend sehr nahegekommen ist. Bestimmt haben sie sich geküsst oder leidenschaftlich miteinander gerungen. Eine von beiden lag sogar kurzzeitig auf dem Boden.«

»Das konntest du alles so genau sehen?«, zweifelt Niklas. »Oder standest du etwa neben den Frauen?«

»Nein, Carlo und ich sind langsam den Weg entlanggelaufen. Vielleicht haben sich die beiden auch geprügelt. Das ist nämlich Carlos Version unserer Beobachtungen. Aber er kann nicht so gut gucken wie ich«, behauptet Trude. »Als wir näherkamen, sind die zwei gemeinsam weggegangen und haben sich normal unterhalten. Die lange Blonde saß ja zuvor auf der Bank. Du, sie ist fast so groß wie du, aber sehr mager. Sie hatte so eine bunte, lange Strickjacke an. Bei dem Herbstwind, der gestern kräftig blies, schien mir die viel zu dünn.«

Niklas stutzt kurz.

Wir suchen eine große, sehr schlanke, junge Frau.

Die Aushilfe des Fischbrötchen-Wettessens.

»Worüber denkst du nach, Niklas? Ist etwas mit den Frauen?«, fragt Trude.

»Nein, nein. Entschuldige, ich war in Gedanken bereits wieder bei der Arbeit.« Niklas sieht auf Trudes Wanduhr über dem Sofa.

»In zehn Minuten muss ich los, Trudchen, leider«, sagt er und schenkt Trude von ihrem Rotwein nach.

»Ist schon klar. Euer Fall erledigt sich nicht von allein«, antwortet sie verständnisvoll. »Aber vorher erzählst du mir von deiner neuen Flamme! Die junge Deern vom Hafenfest ist es ja nun offensichtlich nicht.«

Niklas atmet tief durch. »Und was ist mit meinem Nachtisch?«, fragt er und grinst schelmisch.

»Den packe ich dir notfalls ein. Ich habe Apfelkuchen gebacken. Nun mal los, min Jung, lass eine alte Frau nicht dumm sterben!«, bittet sie und greift lachend nach ihrem Weinglas.

33. Kapitel

Als Niklas die Tür zum Großraumbüro der Kripo Laboe öffnet, reden alle durcheinander.

»Na, das ist ja wirklich eine Überraschung, Olivia. Schön, dass Sie uns besuchen«, sagt Gesa gerade zu der Nichte ihres Vorgesetzten Hauptkommissar Zimmermann und schenkt ihr Kaffee ein. Die Journalistik-Studentin hat vor wenigen Monaten ein Praktikum in der Dienststelle absolviert und währenddessen für viel Aufregung gesorgt.

Niklas begrüßt die Fünfundzwanzigjährige mit einem fröhlichen »Hallo, wie geht's?« und setzt sich gleich zu ihr und den anderen an den Besprechungstisch. Lisa und der Polizeischüler Lasse werfen sich vielsagende Blicke zu.

Niklas spürt, dass Lasse etwas auf dem Herzen hat und sein Wissen am liebsten heraussprudeln möchte.

»Wo ist denn Stefan?«, fragt er Lisa. »Etwa noch zum Mittag draußen? Er würde sich bestimmt auch freuen, Olivia wiederzusehen.«

Nun verliert Lasse die Beherrschung. Er kichert laut los und prustet mit Mühen hervor: »Stefan schneidet in der Küche den selbstgebackenen Apfelkuchen auf, den Olivia mitgebracht hat.«

Niklas schüttelt ratlos den Kopf. »Was ist denn daran so lustig?«, will er wissen.

Nun wird Lasse rot. Er ist sich unsicher, was er jetzt sagen darf.

Olivia hilft ihm und klärt Niklas auf.

»Ich habe Stefan, nachdem ich die Woche bei euch war, noch einige Male wiedergesehen«, sagt sie und lächelt glücklich. »Inzwischen sind wir zusammen.«

»Glückwunsch! Auch für Sie, Stefan!«, ruft Niklas seinem Kollegen zu, der jetzt an den Tisch zurückgekehrt ist. »Respekt, mein Lieber, diese freudige Nachricht haben Sie bisher gut vor uns geheim gehalten«, beschwert sich Niklas schmunzelnd.

»Das wäre sie weiterhin geblieben, wenn mich Lasse nicht mittags mit Olivia am Hafen gesehen hätte. Sie weiß ja, wo ich mir gern meine Pommes mit Bratwurst hole, und wollte mich am Kiosk überraschen«, erzählt er und stellt den Kuchenteller mit dem aufgeschnittenen Apfelkuchen in die Mitte des Besprechungstischs.

»Auweia!«, fällt es Niklas wieder ein. »Ich habe meine zwei Stücke bei Trude liegen gelassen. Das war mein Nachtisch.«

Gesa lacht. »Das hängt sie dir jetzt eine Weile an.«

»Na, der Kuchen von Olivia schaut ebenfalls sehr lecker aus«, lobt Niklas. »Aber mal im Ernst, meine Pause ist eigentlich zu Ende und mein Schreibtisch quillt über.«

»Meiner auch, Niklas«, bremst ihn Gesa, »halt mal die Füße still! Ich habe soeben eine außerordentliche Dienstbesprechung eröffnet. Es gibt einige Neuigkeiten, die ich euch auch bei Kaffee und Kuchen mitteilen kann.«

»Falls ich störe«, sagt Olivia höflich, »kann ich so lange hinausgehen.«

»Nein, tun Sie nicht«, versichert Gesa ihr. »Ihre Verschwiegenheitserklärung wurde nicht aufgehoben und Ihr Praktikum haben Sie doch nicht bis zum Ende absolviert.«

Stefan widerspricht sofort: »Wie denn, bitte schön? Sie musste doch ins Krankenhaus, Chefin.«

»Na, nichts anderes meine ich, Stefan. Olivia darf bleiben und das Versäumte nachholen.«

Süß, wie er seine Freundin in Schutz nimmt.

»Ich beginne dann gleich einmal mit den guten Nachrichten«, sagt Gesa. »Hauptkommissar Zimmermann hat die Pressekonferenz bis auf Weiteres verschoben. Wir sind uns einig geworden, dass die Ermittlungen dadurch nur unnötig verzögert werden.«

Niklas nimmt erleichtert einen großen Schluck Kaffee. »Super! Eine vernünftige Entscheidung.«

Gesa greift jetzt neben ihren Stuhl und zieht ein Blatt Papier aus ihrer Aktentasche. »Die Phantomzeichnung zu der verschwundenen Aushilfe vom Fischbrötchen-Wettessen ist auch schon fertig. Die Kellnerin Pia Lorenz ist dafür extra heute Morgen nach Kiel gefahren. Ich finde, das Ergebnis kann sich sehen lassen.«

Sie hält den Ausdruck mit der Zeichnung hoch.

»Wir geben die Dame heute in die Fahndung«, entscheidet sie. »Stefan! Das ist nachher gleich Ihre nächste Aufgabe.«

»Darf ich mal schauen?«, bittet Olivia.

»Nur zu!«, meint Gesa und reicht ihr die Zeichnung.

Olivia kneift ihre großen braunen Augen zusammen und schiebt sich das Stirnband über den Pony. »Ich glaube, die kenne ich«, sagt sie leise.

Alle Blicke sind sofort auf sie gerichtet.

»Im Ernst?« Gesa reißt staunend ihre Augen auf. »Das wäre ja super!«

Olivia sieht erneut auf das Blatt, dann nickt sie. »Ja, das könnte Maja Sander sein. Trotz der Kochmütze habe ich ihr Gesicht erkannt. Maja hat im Internet eine Spendenkampagne laufen. Sie sammelt in sozialen Netzwerken Geld für ihren Bruder, der im Koma liegt. Ihre Familie kann die teure Privatklinik nicht mehr bezahlen.«

»So ein Zufall aber auch«, wundert sich Gesa, »dass Sie ausgerechnet diese Frau im Netz schon einmal gesehen haben.«

»Nicht ganz«, antwortet Olivia, »eine Kommilitonin aus unserem Studienjahr ist mit Maja befreundet und hat uns gebeten, alle etwas zu spenden, und sei der Betrag noch so gering«, sagt sie und steht auf.

»Darf ich mal an einen der Rechner?«, fragt sie, »dann rufe ich euch Majas Seite auf.«

Stefan springt von seinem Stuhl hoch. »Du kannst gern an meinen. Aber warte, bitte! Erst muss ich das Passwort eingeben.« Er streicht Olivia zärtlich über ihren Arm und sagt schmunzelnd: »So weit geht die Liebe dann doch nicht.«

Gesa kommt aus dem Staunen nicht heraus.

Wie locker der Kollege Voß geworden ist.

Ach ja, die Liebe versetzt Berge.

Bei mir verursacht sie gerade einen Erdrutsch.

Wie soll ich Niels denn noch glauben?

»Ich bin ja so gespannt«, sagt Gesa und strahlt bis über beide Ohren. »Mensch, dann können wir uns die Fahndung sparen! Olivia, Sie schickt der Himmel.«

»Einen Moment, bitte.« Niklas unterbricht das freudige Gemurmel am Tisch. »Ich weiß, ich bin jetzt wieder der Spielverderber.«

Doch Gesa nickt ihm aufmunternd zu. Es wäre auch zu einfach, denkt sie skeptisch.

»Bevor wir uns falsche Hoffnungen machen, Niklas. Spuck es aus! Wie sieht das Haar in der Suppe aus, das du gefunden hast?«

»Mich interessiert die körperliche Statur dieser Maja«, antwortet Niklas. »Unsere Zeugin Pia Lorenz konnte sich ja nur vage an das Gesicht der Aushilfe erinnern, aber sie hat die Gesuchte als sehr groß, mindestens 1,80 m, und auffallend dünn beschrieben.«

»Ja, groß und schlaksig ist sie und sie hat blonde, schulterlange Haare«, bestätigt Olivia. »Ihr könnt euch gleich selbst überzeugen. Im Internet sind Videos von ihr.«

Als Niklas zehn Minuten später ein paar Farbausdrucke mit Bildern von Maja Sander in den Händen hält, schießt ihm ein Gedanke durch den Kopf.

Die gesuchte Frau ähnelt verdammt jener aus Trudes Beschreibung.

Angeblich hat sich eine ähnliche junge Dame, die anscheinend auch eine Vorliebe für lange Strickjacken hat, gestern mit der forschen Julia im Kurpark getroffen und wurde von Trude und ihrem Freund Carlo beobachtet.

Ich muss sofort zu Trude laufen und ihr die Bilder zeigen.

Er steht vom Besprechungstisch auf. »Entschuldigt mich kurz. Ich werde Trude Hansen jetzt noch einmal besuchen müssen.«

»Schmeckt Ihnen mein Apfelkuchen nicht?«, fragt Olivia enttäuscht.

»Doch, doch. Aber danke für den Hinweis. Den vergessenen Kuchen kann ich mir bei der Gelegenheit auch bei Trude abholen. Aber deswegen besuche ich sie natürlich nicht. Ich möchte ihr die neuen Fotos von Frau Sander zeigen. Trude hat mir von einer Begegnung mit einer Maja Sander ähnlich sehenden Frau berichtet. Vielleicht erkennt Trude sie auf den Bildern wieder. Alles andere dann später«, sagt er und läuft vor zur Garderobe.

»Dreißig Minuten, Niklas!«, ruft Gesa ihm nach. »Mit Wegzeit. Lass dich nicht erst von Trude zum Kaffee einladen«, bittet sie ihn, »wir müssen heute Nachmittag noch den Ehemann der Kellnerin Pia Lorenz befragen.«

Nachdem Niklas ihr versprochen hat, sich zu beeilen, blättert sie kopfschüttelnd in ihren Unterlagen.

Es wäre ja fast ein Wunder, wenn Trudchen mal nichts mit einem unserer Fälle zu tun hat.

34. Kapitel

Puh!, denkt Niklas und kramt nach einem abendlichen Strandspaziergang seinen Schlüsselbund aus der Hosentasche.

Es ist frisch geworden.

Bevor er die Tür zu seinem gemieteten Ferienhaus aufschließt, klopft er sich den Sand von den Schuhen und schüttelt sich ein paar bunte Blätter von seiner Wetterjacke. Nach dem heutigen langen und intensiven Arbeitstag war er zu Hause als Erstes noch einmal über die Dünen hinunter an den Strand gelaufen, um den Kopf freizupusten.

Es war herrlich.

Man fühlt sich wie ein Punkt im Universum.

Einen Moment lang scheinen sich alle Probleme im Meeresrauschen aufzulösen.

Trotz der Kühle und des regnerischen Wetters liebt Niklas es auch im Herbst, nach Feierabend am Strand zu spazieren. Heute hatte er besonderes Glück. Der Abendhimmel leuchtete in tiefen Orange- und Rottönen und Niklas wurde Zeuge eines spektakulären Sonnenuntergangs. Am liebsten möchte er diesen Augenblick jetzt festhalten und sich mit einem Glas Rotwein auf die Couch vor den Fernseher setzen.

Doch als er die Diele betritt und seinen Rucksack mit den Aufzeichnungen an der Garderobe stehen sieht, haben ihn die Erinnerungen an den ereignisreichen Arbeitstag wieder eingeholt.

Ich beneide alle, die es schaffen, nach Feierabend abzuschalten.

Niklas geht in die kleine Küche und stellt den Wasserkocher an.

Ein Tee zum Aufwärmen ist jetzt genau das Richtige.

Großen Abendbrothunger verspürt er ohnehin nicht. Nach dem opulenten Mittagessen bei Trude und einer doppelten Portion Apfelkuchen, einmal von Olivias selbstgebackenem und anschließend von Trudes Nachtisch, ist er ausreichend gesättigt.

Trude hat ihm bei seinem erneuten Besuch bestätigt, dass es sich bei der großen, schlanken Frau, die sie im Kurpark beobachtet hat, um dieselbe junge Frau wie auf den Bildern aus dem Internet handelt. Maja Sander hält sich wahrscheinlich noch bei uns an der Küste auf, vermutet er.

Sie hat die Fischbrötchen serviert.

Aber deren Verzehr war nicht die Todesursache, sondern ein tödliches Getränk, muss sich Niklas eingestehen. Vielleicht hat Maja Sander dem Westermann genau dieses in einem unbeobachteten Moment gereicht. Trudes Hinweis bedeutet außerdem, dass seine neue Bekannte, Julia, Maja Sander kennen muss. Womöglich sind die beiden sogar ein Liebespaar, wenn Trude ihr Eindruck aus der Ferne nicht getäuscht hat.

Mist, dass ich keine Telefonnummer von Julia habe.

Na, wir werden Maja Sander trotzdem kurzfristig ausfindig machen.

Stefan ist da schon Experte.

Das Teewasser kocht und Niklas gießt sich einen schwarzen Tee mit Friesenmischung auf.

Autsch!

Ein paar Tropfen heißen Wassers sind ihm auf die Hand gespritzt.

Er dreht schnell den Kaltwasserhahn über der Spüle auf und hält seinen brennenden Handrücken darunter.

Bei unserem Mordfall haben wir leider keine heiße Spur.

Die am Nachmittag von ihm und Gesa durchgeführte Befragung von Sven Lorenz verlief im Sande. Der Ehemann der Kellnerin Pia Lorenz hatte auf dem Hafenfest nichts bemerkt, was die Kriminalbeamten nicht schon von anderen Besuchern erfahren hatten.

Vielleicht sollten wir uns den Koch Raik Winter einmal vorknöpfen, überlegt Niklas. Der neue Geschäftsführer der Meeresbrise profitiert am meisten von Imre Westermanns Tod. Das Verhältnis zu der Witwe Westermann können wir ihm zwar nicht nachweisen, aber nur weil Kerstin Westermann es abstreitet, heißt es ja nicht, dass er keines hat.

Ich bin auf Raik Winters Reaktion gespannt, wenn wir ihn damit konfrontieren.

Wir müssen jeder noch so vagen Spur nachgehen.

Gesa ist mit ihren Gedanken zu oft bei ihrer verschwundenen Freundin Karin.

Menschlich gesehen kann es Niklas sehr gut nachvollziehen und verstehen. Für die Ermittlungen wird Gesas Verhalten seiner Meinung nach jedoch zunehmend hinderlich. Zumal sich Gesa ziert, gegen ihren Freund von Isenberg zu ermitteln.

Ich werde morgen in Ruhe mit ihr reden.

So, wie es gerade läuft, kommen wir an keiner Stelle weiter.

Niklas wirft den Teebeutel in den Mülleimer und geht mit dem Becher ins Wohnzimmer. Kaum hat er sich hingesetzt und die Beine hochgelegt, klingelt sein Handy.

Im Display erkennt er das Bild seines langjährigen Freundes Holger, des Galeristen aus Berlin.

Da ist er mir eine halbe Stunde zuvorgekommen, denkt Niklas und nimmt ab.

»Hallo, Holger«, begrüßt er den Freund, »das ist Gedankenübertragung, mein Lieber. Ich wollte dich in spätestens dreißig Minuten selbst anrufen.«

»Oh!«, ruft Holger amüsiert aus. »Was verschafft mir denn diese Ehre, so außerhalb des Wochenendes? Lass mich raten … eine Frau?«

Um Zeit zu schinden, schlürft Niklas lautstark von seinem heißen Tee.

»Nicht direkt«, redet er sich heraus. »Ich benötige deinen Rat bei der Wohnungssuche, außerdem möchte und muss ich deinen und Friedas Besuch um ein bis zwei Wochenenden verschieben. Ich stecke bis über beide Ohren in Arbeit.«

»Also, bei mir lässt sich das sicher einrichten, Niklas«, antwortet Holger sofort. »Im Gegensatz zu deiner Schwester, die beim BKA mit ähnlichen Zeitproblemen zu kämpfen hat wie du, bin ich mein eigener Herr. Wenn nicht gerade eine Riesenkunstauktion ansteht, kann ich am Wochenende immer kommen. Ach, ich schnuppere schon die frische Seeluft«, schwärmt er. »Lass mich nicht zu lange warten! Deine ehemalige Wirtin möchte die Gemälde ihres verstorbenen Mannes bestimmt auch endlich zurückhaben.«

Niklas denkt an die kahlen, weißen Stellen an den Flurwänden in Trudes Kapitänshäuschen.

»Das eilt nicht«, versichert er Holger. »Sie ist so glücklich darüber, dass du die Bilder in deiner Galerie ausstellst.«

»Du, ich habe es bisher keineswegs bereut. Die Leute sind verrückt nach den Ostseegemälden. Von dem Verkauf der Kunstdrucke, die ich von den Originalen habe anfertigen lassen, habe ich Trude Hansen schon ein hübsches Sümmchen auf ihr Konto überwiesen.«

»Was sie sehr zu schätzen weiß, Holger«, antwortet Niklas, »ihre Rente ist nicht so üppig, aber Trude lebt bescheiden und hat sich auch vorher nicht beklagt.«

»Das glaube ich gern.« Holger schnäuzt lautstark in sein Taschentuch. »Ihr geht es um die Wertschätzung, die ihr Kurt nun posthum für seine Malerei erfährt.«

»Ja, das macht sie sehr stolz«, bestätigt Niklas seinem Freund, »sag mal, bist du erkältet? Du klingst so nasal, mein Lieber.«

»Herbstgrippe. Ich habe sogar ein wenig Fieber und

der Infekt hat gerade erst begonnen. Daher ist es mir recht, meinen Besuch zu verschieben. Hoffentlich passt es dann auch bei Frieda. Ich würde mich sehr freuen, sie wiederzusehen. Wie gesagt, ich bin flexibel.«

»Super, Holger. Vielleicht kann ich euer Kommen mit meiner Einweihungsfeier verbinden. Ich habe nämlich endlich eine passende neue Bleibe in Laboe gefunden. Du weißt ja, dass ich aus dem Ferienhaus des Schwagers meiner Chefin ausziehen muss.«

»Was ich sehr bedauere. So dicht am Meer zu wohnen … Ich beneide dich.«

»Die neue Behausung befindet sich ebenfalls nur einen Katzensprung vom Strand entfernt und liegt zentraler, direkt in Laboe.«

»Oh, da hast du wohl eine Gehaltserhöhung erhalten. Warum verschweigst du mir deine Beförderung?«

Niklas lacht. »Na, so schnell springen die dicken Fische hier nicht ins Netz. Ich habe eine Wohnung in Aussicht. Die Miete für ein Haus kann ich mir auf Dauer nicht leisten. Das mit dem Ferienhaus sollte nur für den Übergang sein.«

»Na gut. Hast du wenigstens einen Balkon?«

»Das ist es ja, die Zweizimmerwohnung verfügt über eine umlaufende Dachterrasse, wie in einem Penthouse. Einfach spitze – der Blick auf die Ostsee. Den habe ich jetzt nicht, außer aus der Bodenluke.« Niklas grinst. »Gesas Schwager Gerd wirbt trotzdem damit, obwohl die Dünen höher liegen als sein Haus.«

»Nicht dein Problem, Niklas. Doch wo ist der Haken bei dem neuen Schmuckstück? Du sagtest, wenn mich mein fieberglühender Kopf nicht täuscht, dass du meinen Rat bei der Wohnungssuche benötigst.«

»Ja«, gibt Niklas zähneknirschend zu, »die Wohnung hat einen Haken. Es ist die Vermieterin.«

»Ist sie eine olle Schrulle oder bekommst du einen Knebelvertrag und musst das Treppenhaus selbst schrubben? Was früher übrigens gang und gäbe war.«

»Ja, früher gab es auch noch einen Kaiser«, lästert Niklas. »Aber du liegst falsch. Es ist nichts von alledem, Holger.«

»Was ist es dann? Die Vermieterin zieht schließlich nicht mit ein, da kann es dir doch egal sein, wie sie drauf ist. Du bist einfach zu harmoniebedürftig, Niklas. Das war schon immer dein Problem. Ein Mann wie du, hochintelligent, attraktiv und erfolgreich … du kannst es nicht allen recht machen. Nimm die Bude, wenn sie dir gefällt! Für alles andere hast du einen Mietvertrag und zur Not gibt es Anwälte.«

»Holger!«, unterbricht Niklas seinen Freund. »Ich befürchte, das Fieber ist dir zu Kopf gestiegen. Ich habe kein Problem mit der Vermieterin, sondern mich in sie verknallt. Falls man das nach einem ersten Treffen schon behaupten kann.«

»Donnerwetter!«, ruft Holger überrascht. »Damit hätte ich jetzt nicht gerechnet. Aber ich kann dir bestätigen, auch nach einem ersten Treffen kann es dich so umhauen, dass du glaubst, da geht was für immer. Bei Peter und mir war das jedenfalls so. Ich habe ihn ja sogar geheiratet, obwohl das nie mein Lebensplan war. Trotzdem sind wir getrennt.«

»Vertragt ihr euch denn wenigstens inzwischen?«

»Das bringt die gemeinsame Arbeit in der Galerie zwangsweise mit sich. Ansonsten haben wir uns nicht mehr viel zu sagen. Der Schmerz sitzt zu tief für eine Freundschaft. Aber nun zu dir, mein Lieber. Lenk mal nicht ab! Ich möchte alles über diese Frau erfahren.«

Niklas berichtet seinem langjährigen Freund von der Begegnung mit der Kinderärztin Sinje Stein und dem anschließend gemeinsam verbrachten Abend.

»Und es ist nichts zwischen euch gelaufen, Niklas? Kein Kuss zum Abschied?«, zweifelt Holger. »So zurückhaltend kenne ich dich ja gar nicht.«

»Nein. Es hat auch so genug geknistert. Auch bei ihr. Ich spüre so etwas.«

»Das glaube ich dir, bei deiner Erfahrung.«

»Holger! Ich habe mich geändert.«

»Ja, ja. Du wirst ja auch nicht jünger. Achtunddreißig ist sie, sagst du? Das passt doch. Seltsam, dass so ein Exemplar Frau frei herumläuft.«

»Das habe ich mir auch gedacht. Sie war mit Mitte zwanzig schon einmal drei Jahre verheiratet, hat sie mir nebenbei erzählt. Kinder hat sie keine. Ihr Beruf füllt sie da voll aus und bisher fehlte der richtige Partner.«

»Meine Güte!«, stöhnt Holger. »Da seid ihr ja die komplette Familienplanung schon durchgegangen! Niklas, du hast dich wirklich verändert. Früher hättest du die Nacht mit ihr verbracht, statt über solche Themen zu plaudern.«

»Das stimmt so nun auch wieder nicht.«

»Aber meistens war es so. Ich mache mir nur Sorgen, dass dir wieder eine das Herz bricht. Es ist noch nicht lange her«, schimpft Holger, »da hieß es, dass eine gewisse Rechtsanwältin Swantje Hussmann die Frau wäre, die dich bis an dein Lebensende begleiten wird.«

»Abgehakt. Sie war eben nicht die Richtige.«

»Sagt wer?«

»Meine Chefin, Gesa Bähr.«

»Ach, die quirlige Hauptkommissarin. Ich habe sie ja bei deiner Geburtstagsfeier im Januar kennengelernt. Patente Frau. Hat die nicht mit diesem Rechtsmediziner geknutscht? Warte mal, der hatte einen adeligen Namen …«

»Von Isenberg heißt er«, hilft Niklas Holgers Erinnerung auf die Sprünge, »er ist inzwischen ihr Freund.«

Oder nicht mehr?

»Na gut«, gibt sich Holger zufrieden, »die Frau muss es wissen, sie hat Lebenserfahrung.«

»Toll, wie schnell du dir deine Meinung bildest«, lacht Niklas. »Aber eigentlich wollte ich nur wissen, ob du die Wohnung an meiner Stelle mieten würdest. Sinje würde sich natürlich für mich entscheiden, wenn ich möchte.«

»Ja, warum zögerst du dann?«

»Stell dir vor, wir kommen uns näher und nachher passt es doch nicht so …«

»Na und?« Für Holger scheint es kein Problem zu sein.

Er beruhigt Niklas: »Du wohnst einfach weiter in ihrer Wohnung und zahlst pünktlich die Miete«, meint er lachend. »Wenn es ganz schlimm kommt, wirft sie dich wegen Eigenbedarfs wieder raus, dann findest du zur Not etwas Neues.«

Niklas überlegt kurz. Er nimmt einen Schluck Tee.

Bäh, der ist schon kalt geworden.

»Du meinst also, ich soll sie nehmen?«

»Klar doch, die Wohnung und die Frau! Ich sag es ja, du hast manchmal so ein Glück und stehst dir selbst im Weg, um es festzuhalten.«

»Okay, ich hab es verstanden.«

»Na endlich. Du darfst dich bei der Einweihungsparty mit meinem Lieblingsrotwein revanchieren«, schlägt Holger vor.

»Mhm. Den muss ich dann allen Gästen anbieten. Das ist eigentlich keine Preisklasse für eine Party. Jedenfalls nicht bei meinem Einkommen.«

»Du musst einfach wieder ein paar Bilder malen, dann kannst du in Champagner baden, Niklas, und der Rotwein für mich fällt aus der Portokasse ab.«

»Inzwischen trinke ich lieber ein Bier in der Strandperle und bin viel zufriedener.«

»Ich weiß. Dann soll es auch so bleiben.« Holger fängt jetzt an zu husten. »Meine Grippe bricht gerade richtig durch«, jammert er.

Niklas ist auch schon aufgefallen, dass sein Freund mit zunehmender Länge ihres Telefonats immer heiserer geworden ist.

»Du Armer«, bedauert er ihn, »gute Besserung! Wir sollten lieber aufhören zu telefonieren. Hau dich erst einmal ins Bett.«

»Danke, das werde ich. Wegen des Weines maile ich dir die Adresse eines Händlers, bei dem du edle Marken besonders günstig einkaufen kannst. Mein Lieblingswein ist auch dabei.«

»Ja, Holger, ich gebe mein Bestes, damit du und dein verwöhnter Gaumen euch bei mir wohlfühlt.«

»Danke«, krächzt Holger, »bis demnächst. Halt mich auf dem Laufenden. Mach's gut, Niklas, und viel Glück!«

»Danke, dir auch. Werd schnell gesund.«

35. Kapitel

Es wird Nacht.

Noch gelingt es Karin, ihre Situation einigermaßen klar zu erfassen. Unter dem durchschimmernden Stoff ihrer Augenbinde hat sie die sich verändernden Lichtverhältnisse wahrgenommen.

Aber ich muss nicht Medizin studiert haben, um zu wissen, dass ich den nächsten Tag, ohne einen Tropfen zu trinken, wahrscheinlich nicht überleben werde, denkt sie traurig.

Wo hat mich der Kerl nur hingeschleppt?

Karin Rose ist sich sicher, dass es ein Mann war, der sie in Kiel am Hafenbecken überwältigt und dann hierher entführt hat. In ihrem Gefängnis ist es kühl und zugig. Das macht ihr am meisten zu schaffen.

Die nächtliche Kälte wird mich töten.

Noch bevor ich verdurste.

Obwohl mir heiß ist.

Bisher wird ihre Körpertemperatur durch immer stärker werdende Fieberschübe aufrechterhalten. Doch ihr Puls hat sich heute rasant beschleunigt. Sind das schon Rhythmusstörungen?

In diesem Moment verflucht Karin ihre medizinischen Kenntnisse.

Ohne stirbt sich's leichter.

Ich darf nicht andauernd in mich hineinhorchen.

Sie versucht, sich etwas abzulenken und sich an ihre vergangene Weltreise zu erinnern. Als die Bilder vor ihren Augen auftauchen, fällt es ihr schwer, die Tränen zurückzuhalten.

Warum ich?

Wer hasst mich denn so?

Plötzlich hört sie draußen vor der Tür Stimmen.

Ja, hier! Hier bin ich, will sie schreien. Doch ihr Mund ist mit Paketband zugeklebt und ihre Hände und Füße sind mit Stricken zusammengebunden worden.

Panisch wälzt sie sich den kalten Fußboden entlang. Sie spürt die Schmerzen nicht, als ihr ausgemergelter Körper über den rauen Beton scheuert. Karin mobilisiert ihre letzten Kräfte.

Vielleicht befindet sich irgendwo eine Tür, gegen die ich mich rollen kann, um mich bemerkbar zu machen, denkt sie voller Hoffnung.

Die Stimmen werden auf einmal wieder leiser und entfernen sich langsam.

Nein, nicht!

Bitte nicht.

Karin bricht zusammen. Zum Schluchzen fehlt ihr die Kraft.

War das meine letzte Chance auf Rettung?

Ich darf nicht aufgeben.

Gesa wird mich suchen lassen.

Auf einmal hört sie eine Frau panisch schreien: »Was soll das? Verschwinde!«

Jemand schnauft heiser. Dann knallt es laut.

Die Frau wimmert.

Karin ist verzweifelt. Was sie nun mit anhören muss, empfindet sie als bedrückender als ihren eigenen erbärmlichen Zustand.

Sie möchte der armen Frau helfen.

Ihre Stimme klingt sehr jung.

O mein Gott!, denkt Karin.

Ist das alles wahr, oder bin ich schon im Vorraum zur Hölle angelangt? Die letzten Träume vor dem

Tod sollen angeblich schön und friedlich sein.

Nein! Nein!

Ich will das nicht hören!

Die Minuten werden zu Stunden.

Endlich Stille.

Kurz darauf wird Karin ohnmächtig.

Mittwoch

36. Kapitel

»Darf ich vor dem Frühstück noch eine Runde Fußball spielen?«, fragt Tore seine Oma.

Gerlinde Merz schaut skeptisch auf das verblichene Ziffernblatt der Küchenuhr in ihrem Ferienapartment.

»Bitte, Oma!«, quengelt ihr Enkel. »Ich bin schon groß und die anderen Kinder dürfen auch alleine raus.«

Zärtlich streicht Gerlinde ihrem Liebling über den Kopf. Ihr Enkel Tore wird im Oktober sechs Jahre alt und im nächsten Sommer eingeschult. Du darfst ihm ruhig mehr Freiheiten lassen, hat die Schwiegertochter ihr vor der Abreise geraten. Sonst ist er kaum zu bändigen.

Doch Gerlinde ist lieber vorsichtig.

Schließlich haben wir die alleinige Verantwortung, wenn der Junge den Urlaub an der Ostseeküste mit uns verbringt.

»Opa ist eben erst ins Bad gegangen«, versucht ihr Enkel, sie erneut zu überzeugen.

Stimmt, und das kann dauern, überlegt Gerlinde.

Ihr Mann Hans-Jürgen hat heute Nacht unruhig geschlafen.

Die Dosierung seiner Blutdrucktabletten müsste neu eingestellt werden.

»Du hast ja recht, mein Junge«, gibt sich Gerlinde geschlagen. »Aber du spielst bitte nur auf der Wiese vor unserer Ferienanlage und läufst mir nicht allein an den Strand! Hörst du?«

Tore strahlt: »Versprochen, Oma.«

»Gut«, sagt sie, »ich rufe aus dem Fenster oder besser vom Balkon nach dir, sobald Opa aus dem Bad ist und ich den Frühstückstisch fertig gedeckt habe.«

»Wenn ich ein Handy hätte, könntest du mich anrufen.«

»Deine Eltern finden, du bist noch zu jung dafür.«

»Andere aus meiner Vorschulgruppe haben schon eines«, mault Tore.

»Kläre das bitte mit Mama und Papa«, redet sich Oma Gerlinde heraus. »Wolltest du nicht Fußball spielen? Das geht alles von deiner Zeit ab.«

»Ja, tschüs, Oma! Ich klingele nebenan, ob die Zwillinge mit rauskommen.«

»Das ist eine sehr gute Idee. Ich weiß, dass die Familie immer früh auf den Beinen ist. Der Vater ist schon vor einer Stunde mit der Brötchentüte zurückgekehrt.«

Tore lacht, während er sich seine Turnschuhe anzieht: »Hast du hinter der Gardine geschmult, Oma?«

»Zisch bloß ab, du Naseweis!«

Eine Viertelstunde später haben Tore und die Nachbarzwillinge den Fußball das erste Mal zu weit über die Wiese vor ihrer Apartmentanlage geschossen.

»Auweia!«, ruft einer der Zwillinge. »Wie sollen wir den bloß wiederholen?«

Auch Tore weiß keinen Rat.

Völlig unerwartet hat der auffrischende Herbstwind seinen Ball mit einer Böe über einen hohen Zaun auf das weitläufige Nachbargrundstück getragen. Es ist das einzige Gelände an diesem Abschnitt des Schönberger Strandes, das nicht von Ferienbungalows oder Apartmenthäusern bebaut wurde. Tores Opa hat gestern erst beim Abendbrot laut überlegt, wie viele Millionen Euro man wohl für so ein alleinstehendes Haus am Meer mit großem eingewachsenem Garten bezahlen müsste.

Opa interessiert sich sehr für Immobilien.

Tore hat die Diskussion zwischen seinen Großeltern nur mit halbem Ohr verfolgt. Der Fünfjährige kann sich unter einer Million Euro ohnehin nichts Konkretes vorstellen. Er ist schon dankbar, wenn sein Opa ihm das Sparschwein regelmäßig mit Ein- und Zwei-Euro-Münzen füttert.

Den neuen Fußball hat Opa Hans-Jürgen ihm gerade erst für den Urlaub geschenkt.

Ich muss den Ball unbedingt wiederfinden.

Tore bohrt vor Aufregung mit dem Finger in seiner Stupsnase.

Sein Blick schweift jetzt zu den Zwillingen. Die schauen betreten auf ihre abgewetzten Schuhspitzen. Einer von ihnen hat zuletzt geschossen. Tore weiß nicht einmal, wer, da er die beiden ständig verwechselt.

Ist auch schnuppe.

Das hätte mir genauso passieren können.

Der Wind ist zu doll geworden.

»Halb so schlimm!«, sagt er und streicht sich die zerzausten, blonden Locken aus der Stirn. »Ich hole mir meinen Fußball zurück. Meine Oma hat mir nur verboten, allein an den Strand zu gehen«, verkündet er mutig. »Ihr wartet hier auf der Wiese, falls sie aus dem Fenster nach mir ruft. Ich laufe schnell außen herum, über die Dünen und klingle bei den Leuten. Wer so ein Gehöft besitzt, muss stinkreich sein, hat mein Opa behauptet. Da werden die mir wohl meinen Fußball rausrücken.«

»Hoffentlich ist keine Scheibe kaputt gegangen«, jammert einer der Zwillinge.

»Haha! So scharf ist dein Schuss nicht«, lästert der andere.

Tore grinst.

Nun weiß ich, welcher der Brüder meinen Ball auf dem Gewissen hat.

»Ich bin dann mal weg!«, sagt er schnell und flitzt über die Wiese in Richtung der Dünen.

Die Zwillinge starren ihm hinterher. In der Ferne taucht Tores blonder Haarschopf hin und wieder noch im Dünengras auf. Doch bald darauf ist auch der aus dem Blickfeld der beiden Jungen verschwunden.

In diesem Moment meldet sich Oma Gerlinde vom Balkon des Ferienapartments im zweiten Stock. »Tore! Es gibt Frühstück!«

Sie reckt ihren Hals so weit es geht über die Balkonbrüstung hinaus.

»Tore?«, ruft sie nun noch lauter.

Doch auf der mit Laub bedeckten Wiese entdeckt

sie nur die beiden Zwillinge. Ihre weinroten Anoraks leuchten wie die Bojen auf der Wellen schlagenden Ostsee, die Gerlinde von ihrem Balkon aus ebenfalls sehen kann. Der Strand ist um die Zeit fast menschenleer.

Huch! Gerlinde weicht zurück. Eine starke Windbö hat ihr die Frisur zerzaust.

Sie formt ihre Hände vor dem Mund zu einem Trichter. »Wo ist Tore?«, schreit sie den Zwillingen entgegen.

Doch deren Antwort versteht sie leider nicht.

Gerlinde merkt, dass ihr Herz schneller schlägt. Noch verspürt sie nur ein Unbehagen. So, als würde sie ihr Portemonnaie vermissen und aufgeregt in der Einkaufstasche danach kramen, obwohl sie sich sicher ist, dass sie es gut darin verstaut hat.

Fast immer findet sie es dann gleich in dem kleinen Reißverschlussfach im Inneren ihrer Tasche, obwohl sie glaubte, dort als Erstes nachgesehen zu haben.

Nur einmal, da war es wirklich weg.

Gestohlen.

Gerlinde schüttelt sich. Ein schreckliches Gefühl war das, als es ihr endlich bewusst wurde. Sie wird es ihr Leben lang nicht vergessen.

Wo ist denn der Bengel jetzt nur?

Dass Tores Spielkameraden unten auf der Wiese warten, beruhigt sie in gewisser Weise.

»Hans-Jürgen!«, ruft sie ihrem Mann zu, der frisch rasiert aus dem Badezimmer kommt. »Zieh dir bitte deine Jacke an und geh raus! Tore spielt nicht mehr auf der Wiese und bei dem lauten Wind höre ich nicht, was die Zwillinge mir antworten. Die stehen da unten wie angewurzelt …« Ehe sie ihren Satz vollendet hat, ist Tores Opa bereits aus dem Apartment die Treppe hinuntergestürmt.

Tore hastet derweil durch den feuchten, schweren Dünensand. Seine kleinen Turnschuhe sind im Nu damit gefüllt und zerren an dem schmächtigen Körper des Jungen, als würde er mit Gewichten an den Füßen laufen. Nur noch ein kurzes Stück, dann bin ich am Hofeingang des Nachbargrundstücks angelangt, macht er sich Mut.

Müsste ich nicht längst dort sein?

Habe ich mich etwa verlaufen?

Völlig außer Atem bleibt er hinter einem grasbewachsenen Hügel stehen, um kurz zu verschnaufen.

Er stutzt.

Wer ist das denn?

Da schaufelt doch jemand im Sand, wundert sich Tore. Instinktiv versteckt er sich hinter einem Büschel mit vertrocknetem Strandhafer und lugt vorsichtig zwischen den Halmen hindurch.

Die grabende Person ist groß und trägt ein dunkelgrünes, weites Cape mit einer tief in das Gesicht gezogenen Kapuze.

Tore fängt an zu zittern.

Er traut sich nicht, auch nur einen Schritt weiterzugehen.

Wo ist nur das verdammte Haus geblieben?

Ängstlich dreht er seinen Kopf nach hinten, um abzuschätzen, wie weit es zurück zu seiner Ferienwohnung wäre. Aber in seinem Rücken türmen sich die hügeligen Dünen wie eine unüberwindbare Wand vor ihm auf.

Tores graublaue Kulleraugen füllen sich mit Tränen.

Wie komme ich bloß zurück?

Ich will hier weg.

Plötzlich muss er laut niesen.

Die Person mit dem Spaten dreht sich ruckartig zu ihm um. Der Junge geht sofort wieder in Deckung und presst sich mit dem Bauch fest in den Sand.

Er wagt es kaum zu atmen, als er die schweren Schritte hinter sich hört. Auf einmal spürt er eine Hand auf seinem Rücken.

»Tore!«, ruft sein Opa erleichtert. »Was machst du denn hier, so ganz allein?«

Er nimmt seinen Enkel auf den Arm. »Da vorn!«, schluchzt der zitternde Junge, »hat jemand etwas vergraben. Ich hatte solche Angst.«

»Wo denn?«, fragt Opa Hans-Jürgen und setzt Tore wieder vor sich auf dem Boden ab.

Der klopft sich den Sand von seiner Fleecejacke und der Jeanshose, dann zeigt er mit der Hand nach links. »Dort, Opa! Eben stand da jemand in einem dunklen Kapuzencape und hat im Sand gegraben. Vielleicht liegt an der Stelle ein Schatz verbuddelt!«, stottert Tore vor Aufregung.

»Ach, was!« Hans-Jürgen winkt ab. »Komm, lass uns bloß zurücklaufen! Oma macht sich schon riesige Sorgen.« Er holt sein Handy aus der Tasche und ruft seine Frau an. »Ich habe ihn gefunden, Gerlinde. Bei dem Gehöft, wie die Zwillinge sagten, war er aber nicht, sondern davor in den Dünen.«

»Ich muss mich verlaufen haben«, gibt Tore kleinlaut zu. »Eigentlich wollte ich nur meinen Fußball zurückholen.«

»Gerlinde!«, spricht Hans Jürgen noch einmal zu Tores Oma. »Du, ich gehe mit dem Kleinen noch kurz zu dem einzelnen Haus. Er möchte doch seinen Fußball wiederhaben.«

»Und du bist neugierig, wie es dort aussieht«, vermutet seine Frau. Hans-Jürgen war vor seiner Pensionierung als Buchhalter in einer großen Immobilienverwaltung tätig, der kann einfach nicht aus seiner Haut. »In Ordnung«, willigt sie ein. »Lasst mich aber bitte nicht zu lange mit dem Frühstück warten. Noch einen Kaffee ohne Brötchen verzeiht mir mein Magen nicht.«

»Fang ruhig schon an zu essen, Gerlinde! Wir Männer kommen so schnell wie möglich nach«, versichert Hans-Jürgen seiner Frau. »Nicht wahr, Tore?«

Der Kleine schmiegt sich zärtlich an seinen Opa.

»Spring auf meinen Rücken!«, sagt der und bückt sich.

Als Tore oben auf seinen Schultern thront, kann er endlich auch das gesuchte Haus erkennen. »Da ist es, Opa!«, ruft er. »Ich bin vorhin nur zu weit nach rechts gelaufen. Und dort drüben hat der Mensch mit dem weiten Regencape gebuddelt«, erklärt Tore ihm und streckt den Arm aus. Dann schreit er laut los. »Opaaaa! Da liegt ein blutiger Kopf!«

37. Kapitel

»Moin, Niklas!«, ruft Gesa ihrem Kollegen, der ihr durch die feuchten Dünen entgegenstapft, zu. Sie winkt: »Hier sind wir!« Oberkommissar Lux ist nach dem Anruf seiner Chefin gar nicht erst zu seiner

Dienststelle nach Laboe gefahren, sondern sofort mit seinem Rennrad umgedreht und zum Schönberger Strand geradelt.

»Moin allerseits!«, begrüßt Niklas nun nach seiner Chefin Gesa auch Uwe Feddersen und die Beamten der Kriminaltechnik. Die sind bereits eifrig dabei, die zahlreichen Spuren am Fundort der Leiche zu sichern.

Als Niklas die tote Julia sieht, zuckt er zusammen.

Gesa kommt sofort auf ihn zu und streichelt vorsichtig seinen Arm.

»Entschuldige, Niklas. Ich weiß, du kennst sie. Als ich dich angerufen habe, hatte ich das Opfer bislang selbst nicht gesehen. Sonst hätte ich dich vorgewarnt.«

Niklas ist blass geworden.

Langsam glaube ich auch an mein Karma.

Jung, hübsch, kennt mich und kurz darauf ist sie tot.

»Ich weiß, was du jetzt denkst«, tröstet Gesa ihn. Sie selbst hatte vor einer Weile diesen Zusammenhang hergestellt. »Das ist natürlich alles Blödsinn«, versichert sie Niklas. »Bei einem solchen Verbrechen, und danach sieht es mir augenscheinlich aus, glaube ich nicht an Zufälle oder schlechtes Karma«, sagt sie und zeigt auf die um diese Jahreszeit zu spärlich bekleidete Julia. »Ich vermute sogar einen Zusammenhang zu unserem aktuellen Fall. Die junge Frau kannte Maja Sander«, fährt Gesa fort, »sie war auf dem Hafenfest, fuhr in der Nähe der Westermann-Villa mit dem Fahrrad durch die Gegend … Benötigst du noch mehr Fakten?«

»Nein«, antwortet Niklas, der sich nach einem ersten Schreckensmoment wieder gefangen hat. »Du hast recht. Julias Tod könnte mit dem Mordfall Westermann zu tun haben. Vielleicht wusste sie etwas, was sie ihr junges Leben gekostet hat«, sagt er und schaut traurig über die Dünen zum Meer.

Die Kulisse passt.

Die Ostsee grollt heute böse.

Uwe Feddersen wendet sich an die Kommissare: »Es tut mir leid, euch das sagen zu müssen. Vielleicht ist dieses Verbrechen doch gesondert zu betrachten. Hier liegt nach erster Spurenlage ein Sexualverbrechen vor. Die große Wunde am Schädel des Opfers könnte von einem anschließenden Schlag oder Sturz herrühren.«

Gesa nickt. »Als der Mörder sie vergraben wollte, wurde er von dem Jungen und später von dessen Opa gestört«, sagt sie. »Ich möchte nicht wissen, was der Verbrecher mit dem Kleinen angestellt hätte, wenn er dem Kind allein begegnet wäre.«

Niklas holt tief Luft. »Ich auch nicht. Mir reicht das tatsächliche Szenario vollkommen aus, um mit meinem Frühstück den Strandhafer zu düngen.«

»Immer noch?«, wundert sich Gesa. »Nach all den Jahren als Ermittler? Du hast in der Zeit sicher schon viel Schreckliches gesehen«, meint sie.

»Ja, natürlich, aber sobald ich das Opfer kenne, ist das bei mir so und mein Magen rebelliert«, antwortet Niklas und schluckt.

Gesa stupst ihm in die Seite. »Dann lass uns mal ein paar Schritte weitergehen, damit Uwe und die Kollegen in Ruhe ihre Arbeit erledigen können«, schlägt sie vor.

Niklas folgt ihr dankbar. Als sie neben dem rot-weißen Absperrband über die Dünen hinauf zum

Weg laufen, fällt ihm etwas auf.

»Sind das Schleifspuren?«, fragt er. »Die führen meiner Meinung nach direkt in Richtung des einzelnen Hauses oben am Strandweg.«

»So ist es«, bestätigt Gesa ihm, »deshalb hat Uwe Feddersen mit seinen Leuten diesen Bereich in den Dünen sofort markiert. Er vermutet, dass die Frau nicht am Auffindeort zu Tode kam. Im Sand hat er überall Blutspuren entdeckt, die von der starken Kopfwunde des Opfers stammen könnten.«

»Dann muss der Mord erst heute früh passiert sein«, überlegt Niklas, »eine Leiche blutet ja nicht mehr so kräftig.«

»Oder«, gibt Gesa zu bedenken, »der Täter hat die Frau kurz nach ihrem Tod in die Dünen geschleppt und erst heute Morgen eine Möglichkeit gefunden, sein Opfer zu vergraben.«

»In der Zeit, wo die Kriminaltechnik am Fundort Spuren sichert«, meint Niklas zu Gesa, »können wir uns das einsame Haus näher anschauen. Es ist nicht gerade ein Schmuckstück, sieht etwas verwahrlost aus.«

»Vielleicht ist das Grundstück schon verkauft«, überlegt Gesa. »In dieser Gegend wurden die alten Häuser aus den 60er Jahren alle plattgemacht und Apartmenthäuser an deren Stelle errichtet.«

Niklas schaut sich um. »Stimmt, sieht so aus. Sagtest du nicht, in dem Apartmenthaus nebenan haben Tores Großeltern eine Ferienwohnung gemietet? Dem Jungen ist doch der Ball über den hohen Bretterzaun geflogen. Wir könnten diesen für ihn zurückholen und hätten einen verbalen Einstieg, um die Bewohner des einsamen Gehöfts nicht aufzuscheuchen.

Falls die etwas mit dem Mord an Julia zu tun haben.«

»Falls da überhaupt jemand zu Hause ist«, antwortet Gesa. »Ich bezweifle das stark. Hier wohnt niemand mehr auf Dauer, das ist ein Spekulationsobjekt, glaub mir.«

»Umso besser, dann müssen wir uns erst recht umsehen … und den Fußball des Kleinen suchen, wollte ich sagen.«

»Gut«, stimmt Gesa Niklas zu, als die beiden vor dem verschlossenen Tor des zwei Meter hohen Bretterzauns stehen. »Gefahr im Verzug!«, behauptet sie mit fester Stimme und zwinkert Niklas zu. »Der Ball könnte Luft gelassen haben.« Dann drückt sie die Klinke herunter. »Mist, abgeschlossen. Was machen wir jetzt?«

»Ist dir aufgefallen, dass die Schleifspuren nur in den Dünen zu sehen sind?«, bemerkt Niklas und blickt zurück.

»Uwe meinte, die Frau ist zuvor wahrscheinlich mit einer Karre transportiert worden. In dem weichen Dünensand wäre der Täter damit nicht mehr so gut vorangekommen und hat sein Opfer daher über den Boden gezogen.«

»Sieh doch mal, Gesa!«, ruft Niklas. »Vor dem Tor befinden sich Reifenspuren, und zwar jede Menge. Wir sind schon kräftig darüber gelaufen«, ärgert er sich.

»Keine Sorge, Uwe Feddersen war als Erstes kurz hier oben. Es fand leider nichts Verwertbares mehr vor, dafür hat es seit dem frühen Morgen zu viele Spurenüberlagerungen gegeben.«

»Echt jetzt?«, zweifelt Niklas. »Dann müssen wir uns aber wenigstens das Haus näher anschauen,

Gesa.«

»Okay, dann schlage ich vor, wir holen erst einmal den Ball und wenn uns etwas verdächtig erscheint, sehen wir weiter. Stefan ist schon informiert. Er und Lisa versuchen, den Eigentümer oder Pächter des Hofs ausfindig zu machen.«

»Eine Frage habe ich noch, Gesa, bevor ich über den Zaun klettere. Ich soll doch, oder?«

Gesa nickt. »Ach, nee, warte mal! Vielleicht ist ja eine Latte am Zaun locker und wir schaffen es, hindurchzukriechen. Lass uns mal ein Stückchen weiter, an der Ecke nachsehen! An den Pfosten gammeln die Bretter immer als Erstes durch. Weiß ich aus Erfahrung. Was wolltest du mich denn vorher unbedingt fragen?«

»Wie sieht es mit dir und Niels von Isenberg aus?«, druckst Niklas hervor. »Kommt der Doktor zur ersten Leichenschau zu uns an den Fundort?«

»Mhm. Muss er ja wohl. Er ist auf dem Weg.«

»Glaubst du, dass er etwas mit Karins Verschwinden zu tun hat?«

»Ich weiß es nicht, Niklas.«

»Wenn, dann hat er hier nichts zu suchen.«

Gesa ist erbost »Was soll ich denn deiner Meinung nach tun?«, fährt sie Niklas an. »Ihn anzeigen? Bei Zimmermann einen Verdacht äußern, sodass er beurlaubt wird?«

»Zum Beispiel.«

»Das kann ich nicht, Niklas. Es könnte genauso gewesen sein, wie er es mir erzählt hat. Ich habe nachgedacht und für mich ist es einigermaßen plausibel, warum er zuerst gelogen hat. Niels hat Karins Verschwinden am Anfang nicht ernst genommen. Als ihre Tasche im Hafenbecken gefunden wurde, ist er sofort mit der Wahrheit herausgerückt. Er war ehrlich betroffen und in Sorge. Ich kenne ihn inzwischen und kann mich doch nicht so in einem geliebten Menschen getäuscht haben.«

Niklas schüttelt nur stumm den Kopf. »Ich verstehe dich, Gesa. Mehr, als du glaubst, aber er ist der Letzte, der Karin lebend gesehen hat.«

»Ich weiß, lass uns später weiter darüber reden«, sagt sie und drückt mehrmals kräftig an eine Latte neben dem Zaunpfosten. Der schwankt ein wenig, dann gibt das gesamte Zaunelement nach und fällt nach innen um.

»Donnerwetter!«, staunt Niklas. »Das war filmreif!«

»Hereinspaziert«, meint Gesa und balanciert über die Bretter. »Hallo!«, ruft sie. »Jemand zu Hause?« Dann läuft sie weiter geradeaus über den Hof.

Niklas folgt ihr. »Dort an der Ecke steht ein altes Bootshaus«, sagt er und zeigt auf einen Holzschuppen. »Ich erkenne es an den übriggebliebenen Schienen im Boden für den Rollwagen.«

»Ja, gut, aber wir suchen jetzt erst einmal den Ball«, meint Gesa. »Auf keinen Fall betreten wir ohne Durchsuchungsbeschluss oder Einverständnis des Besitzers das Haus oder die Nebengebäude. Falls wir dort Spuren finden, sind die sonst vor Gericht nicht verwertbar.«

»Danke für die Belehrung, Frau Hauptkommissarin.« Niklas kann sich den Spruch nicht verkneifen.

»Du musst nicht beleidigt sein, Niklas. Was glaubst du, wie oft das selbst gestandenen Kollegen im Eifer schon passiert ist? Mir übrigens auch …«

»Mir nicht«, behauptet Niklas und steuert auf das

Bootshaus zu.

»Streber.«

»Danke.«

»Was suchst du da, Niklas? Der Ball liegt wahrscheinlich hinter dem Haus im Garten.«

»Ich interessiere mich für den Rollwagen. Wo ist der denn hin? Gesa, komm mal her, hier auf dem Steinboden vor dem Schuppen befindet sich angetrocknetes Blut.«

Gesa rennt sofort zu Niklas. Sie hockt sich vor den Eingang des Bootshauses und prüft die dunkelbraunen Flecken auf dem Beton.

»Tatsächlich! Ich rufe Uwe an. Die sollen mit der Kriminaltechnik als Nächstes hierherkommen. Meldest du dich kurz bei Lisa, Niklas? Sie möchte uns bitte beim Staatsanwalt einen Durchsuchungsbeschluss beantragen.«

»Mach ich gleich«, antwortet er. »Den bekommen wir ganz sicher. Erst einmal sehe ich Gefahr im Verzug und werde den Bootsschuppen aufschließen.«

»Glaubst du etwa, der Kerl hat noch mehr Frauen auf dem Gewissen?«

»Ich will es nicht hoffen«, sagt Niklas und öffnet mit seinem Dietrich die Tür.

Als er in das leere Bootshaus hineinsieht, glaubt er seinen Augen nicht zu trauen. Gesa schiebt sich neben ihm durch den Eingang.

»Karin!«, schreit sie und stürmt auf ihre am Boden liegende Freundin zu. Behutsam löst sie die Augenbinde von Karins Gesicht.

Die öffnet kurz die Lider und flüstert heiser: »Ich wusste, dass du mich findest.« Dann sackt ihr Kopf in Gesas Arme.

38. Kapitel

Die Polizeidienststelle im beschaulichen Küstenort Laboe gleicht an diesem Nachmittag einem wilden Bienenstock. Bei der Kriminalpolizei im ersten Obergeschoss geben sich Urlauber und Einheimische die Klinke in die Hand. Sogar zwei Reporter von der »Ostseebild« waren schon bis zur Eingangstür des Großraumbüros vorgedrungen.

»Wenn das so weitergeht«, schimpft Stefan, »sperre ich den Laden bis auf Weiteres für den Publikumsverkehr. Ausgerechnet heute hat Lasse Schule.«

»Es könnten aber wichtige Zeugen unter den Neugierigen sein«, gibt Lisa zu bedenken. »Der Mord an der jungen Frau beschäftigt die Leute eben.«

»Gerade deswegen«, erwidert Stefan, »müssen wir endlich die vollständige Identität des Opfers herausfinden. Lux und Bähr kehren jeden Moment zurück und werden erste Ergebnisse sehen wollen. Der Oberkommissar wusste immerhin, dass die junge Frau Julia heißt und eine Geschichtsstudentin aus Berlin ist. Er hat mir eine Ansprechpartnerin genannt, die uns vielleicht weiterhelfen kann. Blöd nur, dass auf deren Anrufbeantworter eine Abwesenheitsmeldung zu hören ist, weil sie sich im Urlaub befindet.«

»Das ist wirklich Pech!«, ärgert sich Lisa. »Da bleibt uns nur das Studienbüro zu kontaktieren, die müssten doch alle ihre Studenten registriert haben.«

»Ja, mach ich gleich«, mault Stefan. »In zehn Minuten beginnt die Vernehmung der Zeugin Maja Sander. Zum Glück haben wir die wenigstens aufgespürt. Vielleicht weiß sie mehr über unser neues Opfer. Die

Frauen haben sich gekannt, wie der Lux uns gestern berichtet hat. Unsere heimliche Agentin Trude Hansen war wieder zur rechten Zeit am richtigen Ort.«

Lisa lächelt. »Es ist kaum zu glauben, welch ein Gespür die rüstige Witwe für verdächtige Situationen hat.«

Stefan lacht. »Ich würde es eher als Neugier bezeichnen«, sagt er.

»Oder das«, gibt Lisa zu. »Weißt du, ob Oberkommissar Lux Maja Sander allein befragen wird?« Sie überlegt kurz: »Wäre es nicht besser, jemanden als Zeugen dabeizuhaben? Frau Sander ist immerhin eine Verdächtige im Mordfall Imre Westermann.«

»Keine Sorge, Lieschen. Die Schutzpolizei stellt uns einen Kollegen dafür ab. Nur, falls unsere Bärin es nicht rechtzeitig aus Kiel zurückschafft. Sonst möchte die Chefin bei der Befragung mit dabei sein. Sie hat es sich aber nicht nehmen lassen, vorher zu ihrer Freundin Karin Rose in die Uniklinik zu fahren.«

»Wie geht es Dr. Rose inzwischen?«, fragt Lisa.

»Keine Ahnung. Ihr Zustand war ja äußerst kritisch.«

»O Mann!«, stöhnt Lisa. »Da bleibt uns nur, weiterhin fest die Daumen zu drücken.«

Die Tür zum Großraumbüro wird aufgestoßen.

Gesa und Niklas stürmen zeitgleich hinein.

»Moin, moin!«, ruft Gesa. Sie wirft ihren Mantel über den Garderobenhaken und hetzt an dem leeren Empfangstresen vorbei. »Ist alles für die Vernehmung der Maja Sander vorbereitet?«, fragt sie Lisa, die an ihrem Schreibtisch sitzt und sofort ein Schubfach aufzieht.

»Ja, ich bringe Ihnen gleich die Akte.«

»Prima, danke schön.« Gesa dreht sich einmal um ihre eigene Achse. »Niklas?«, fragt sie verwundert. »Wo ist denn der Lux jetzt wieder so schnell hin?«

»Ich glaube«, antwortet Stefan und schaut hinter seinem Bildschirm hervor, »er ist dort, wo auch Oberkommissare zu Fuß hingehen …«

»Ach so, ja, danke«, sagt Gesa und wischt sich fahrig eine Haarsträhne von der Stirn. Sie ist nervös.

Hoffentlich kommt Karin bald wieder zu sich.

»Wie geht es der Frau Doktor Rose?«, fragen Lisa und Stefan sie jetzt wie aus einem Munde.

»Lieb von Ihnen, dass Sie sich erkundigen«, antwortet Gesa leise. »Karin Rose wurde in ein künstliches Koma versetzt. Sie ist sehr geschwächt, aber sie wird überleben, haben mir die Ärzte erklärt, und das ist ja erst einmal das Wichtigste.«

Lisa schaut erleichtert auf ihre Chefin. »Gott sei Dank«, sagt sie und nimmt die für die Vernehmung von Maja Sander vorbereitete Akte aus ihrer Schreibtischschublade.

Inzwischen ist Niklas von der Toilette zurückgekehrt.

»Es kann losgehen!«, meint er. »Für Kaffee wollte doch der Kollege Iversen sorgen, oder?«, erkundigt er sich sicherheitshalber bei Stefan.

»Ja, es ist alles vorbereitet«, versichert der ihm. »Auch Frau Sander sitzt bereits im Vernehmungsraum und wartet.«

39. Kapitel

»Guten Tag, Frau Sander!«, begrüßt Hauptkommissarin Gesa Bähr die zuvor so dringend gesuchte Zeugin. »Danke, dass Sie es so schnell einrichten konnten, zu uns zu kommen.«

»Das ist doch selbstverständlich«, antwortet Maja Sander mit tiefer, heiserer Stimme.

Niklas reicht ihr ebenfalls die Hand und nimmt dann, gegenüber der Zeugin, neben Gesa Platz.

»Haben Sie sich erkältet?«, erkundigt er sich mitfühlend bei Maja. Sein Blick wandert aus dem Fenster, vor dem der Herbstwind gerade einen Schwung bunter Blätter vorbeiwirbelt. »Bei dem Wetter ist es kein Wunder …«, sagt er.

Ich werde heute Abend wohl wieder im Regen nach Hause radeln.

»Nein, mir geht es gut«, antwortet Maja. »Meine Stimme wird nicht mehr besser.«

»Oh, das tut mir leid«, entschuldigt sich Niklas für seine gedankenlose Frage. Er blättert den von Lisa vorbereiteten Personalbogen durch: »Sie heißen Maja Sander, sind 31 Jahre alt und wohnen in Lübeck … Ihre Arbeitsstelle fehlt uns noch, oder befinden Sie sich zurzeit in einer Ausbildung beziehungsweise studieren Sie?«

»Nichts von dem. Ich jobbe als Aushilfe, immer dort, wo ich gebraucht werde. Die Zeitarbeitsfirma, bei der ich angestellt war, hat mir vor Ablauf der Probezeit gekündigt.«

Gesa macht sich eifrig Notizen. Sie hat mit Niklas vereinbart, dass er die unverfänglichen Fragen stellt und sie, wenn es nötig wird, schärfer nachhakt.

»Kannten Sie Imre Westermann?«, fragt er Maja.

»Ja. Das heißt, nicht persönlich … nur aus dem Fernsehen und aus der Presse.«

»Sie haben ihn vor dem Fischbrötchen-Wettessen auf dem Hafenfest nie zuvor getroffen?«

»Nein«, lügt sie und schaut Niklas fest in die Augen.

Gesa tauscht kurz ein paar Blicke mit ihm aus. Dann legt sie Maja ein Foto mit der toten Julia vor.

»Nicht erschrecken«, bittet sie, »sind Sie dieser Frau schon einmal begegnet?«

Maja wird blass und zupft sich aufgeregt in ihren langen blonden Haaren herum. »O mein Gott!«, flüstert sie. »Das ist Julia. Den Nachnamen weiß ich nicht. Ist sie tot?«

»Ja. Sie wurde ermordet«, antwortet Niklas.

»Aber nicht von mir«, erwidert Maja ungewöhnlich heftig. »Damit habe ich nichts zu tun!«

»Das hat doch niemand behauptet, Frau Sander!«, grätscht Gesa dazwischen. »Warum fühlen Sie sich sofort angegriffen? Woher kannten Sie die Tote?«

Niklas lehnt sich zurück und nickt der völlig aufgelösten Zeugin aufmunternd zu.

»Erzählen Sie bitte ganz in Ruhe! Sie werden bisher nur als Zeugin befragt. Niemand beschuldigt Sie. Natürlich müssen Sie sich nicht selbst belasten, aber darüber haben unsere Kollegen Sie ja bereits vor der Vernehmung belehrt.«

»Ich habe nichts zu verbergen«, antwortet Maja zerknirscht. Sie wirkt jetzt schon wieder erstaunlich gefasst, findet Gesa.

»Diese durchgeknallte Julia«, schildert Maja, »hat

mich gestalkt. Im Kurpark hat sie mich, als ich ahnungslos auf einer Bank saß, sogar von hinten angegriffen«, schimpft sie und gestikuliert dabei mit ihren langen, dünnen Armen.

Niklas erinnert sich an sein Gespräch mit Trude Hansen.

Dann hat Trudes Freund Carlo mit seiner Version recht gehabt.

Von wegen Liebespaar – denkt er und macht sich schnell ein paar Notizen auf seinem Skizzenblock.

»Erzählen Sie ruhig weiter«, sagt er währenddessen zu Maja.

Die überlegt einen Augenblick länger.

»Nach dem Streit sind wir beide am Strand spazieren gegangen und haben uns ausgesprochen«, behauptet sie und verrät den Kommissaren nicht, dass sie Julia mit Chloroform betäubt und in ihrem Auto entführt hat. »Danach habe ich sie nicht mehr wiedergesehen. Das schwöre ich! Julia war doch hinter Imre Westermann her, genauer gesagt, hinter einem historischen Rezept, das der angeblich besaß. Sie glaubte, ich suche auch danach, und hat in mir eine Konkurrentin gesehen. Um das Rezept zu bekommen, ist sie sogar mit Imre Westermann ins Bett gestiegen und hat heimlich sein Haus durchsucht. Sie hat mir da eine ziemlich verrückte Geschichte erzählt«, berichtet Maja weiter. »Als Julia bei dem Westermann im Keller war, hatte der im Flur Sex mit seiner Kellnerin, Pia Lorenz. Die habe ich ja später beim Hafenfest kennengelernt. Pia hat im Verkaufswagen der Meeresbrise die Fischbrötchen vorbereitet und ich habe ihr beim Aufbau der Bühne geholfen und die Teller rausgetragen. Herr Westermann kam ziemlich spät dazu. Erst kurz bevor das Spektakel losging, ist er eingetroffen. Die Blicke, die er sich mit der Kellnerin zugeworfen hat, waren eindeutig. Als ihr Ehemann reingeschaut hat, er brauchte wohl irgendwelche Autoschlüssel zurück, haben Pia und der Westermann sofort ganz anders miteinander geredet. Sehr förmlich, fand ich.«

Gesa hebt überrascht die Brauen und schreibt sich eine Bemerkung in die Akte. Niklas behält sein Pokerface. Aber in seinem Kopf arbeitet es blitzschnell.

Damit rückt der Ehemann der Kellnerin beim Mordfall Westermann erneut in den Fokus unserer Ermittlungen

Sven Lorenz war vor Ort und hat nun doch ein Motiv.

Oder will Maja Sander nur von sich selbst ablenken?

»Das ist alles sehr interessant, was Sie uns da erzählen, Frau Sander«, sagt Niklas zu der Zeugin. »Aber warum wollten Sie ausgerechnet am Stand des prominenten Wirts aushelfen? Die Kellnerin Pia Lorenz hat ausgesagt, dass Sie ihr gegenüber behauptet haben, Herr Westermann schickt sie.«

Niklas macht eine kurze Redepause.

Maja knetet nervös ihre langen, schlanken Finger.

»Angeblich kannten Sie Herrn Westermann doch gar nicht persönlich«, fährt Niklas mit strenger Stimme fort, »oder haben Sie eine schriftliche Vereinbarung, einen Arbeitsvertrag oder Ähnliches vorzuweisen?«

»Nein«, antwortet Maja kleinlaut.

»Was wollten Sie dann von Imre Westermann, Frau Sander?«, zischt Gesa ihr zu.

Maja zuckt zusammen. »Ihn um Geld bitten. Die Westermanns haben doch genug«, antwortet sie stockend.

»Für meinen Bruder«, fügt sie trotzig hinzu und

dann überschlägt sich ihre heisere Stimme: »Was soll ich denn machen?«, schreit sie verzweifelt. »Sie kennen doch unser Problem, Frau Kommissarin! Schließlich haben Sie sich im Internet ausführlich über mich informiert«, schleudert sie Gesa wütend entgegen. Dann schlägt sie die Hände vor ihr Gesicht und schluchzt laut.

»Frau Sander. Das tut mir auch alles sehr leid«, versichert Gesa ihr, »aber wir haben zwei Morde aufzuklären und sind auf Ihre Mithilfe angewiesen. Es ist wichtig, dass Sie uns die Wahrheit sagen, und zwar gleich am Anfang.«

Gesa schiebt Maja ein Glas Wasser über den Tisch. »Trinken Sie, bitte! Wir unterbrechen erst einmal die Befragung, bis Sie sich ein wenig beruhigt haben. Lange wird es bestimmt nicht mehr dauern«, sagt sie und schaltet das Aufnahmegerät aus.

Vor der Tür zum Besprechungszimmer flüstert Gesa Niklas zu: »Die sagt immer nur so viel, wie sie muss oder wir schon selbst wissen.«

»Außer dass Pia Lorenz die Geliebte von dem Westermann war. Das ist für uns ein völlig neuer Ansatz.«

Gesa rollt mit den Augen: »Glaubst du ihr die Geschichte?«

»Warum sollte sie die erfinden?«, meint Niklas.

»Weiß ich auch nicht«, antwortet Gesa und zuckt mit den Achseln. »Irgendwie werde ich aus der jungen Frau nicht schlau.«

»Da stimme ich dir zu. Sie verschweigt uns etwas und ich habe wenig Hoffnung, dass wir heute mehr von ihr erfahren.«

»Das, was wir wissen, ist aber eine neue Spur!«, erklärt Gesa und tritt unruhig von einem Fuß auf den anderen. »Ich möchte mir am liebsten sofort das Ehepaar Lorenz vorknöpfen, und zwar der Reihe nach, erst die Frau, danach ihn.«

»Ich bin dabei, Gesa.«

»Gut, Niklas. Wir sind uns einig. Dann verabschieden wir uns von Maja Sander und legen los.«

40. Kapitel

Nachdem Gesa und Niklas zuerst die Kellnerin Pia Lorenz in der Meeresbrise besucht haben, stehen sie nun in einer schmucken Reihenhaussiedlung vor dem Eckreihenhaus des jungen Ehepaares, um Sven Lorenz zu befragen.

Pia hat ihr Verhältnis zu Imre Westermann zugegeben und die Kommissare inständig gebeten, ihrem Mann nichts davon zu erzählen. Niklas hat diesen Wunsch sofort abgelehnt, da es ermittlungsrelevant ist, zu klären, ob ihr Mann von seinem Nebenbuhler wusste.

Die Kellnerin hat Gesa und Niklas daraufhin nochmals unter Tränen angefleht, ihrem Mann nichts zu verraten. Er wird von ihrem Verhältnis zu dem Promiwirt garantiert nichts bemerkt haben, behauptete sie, da er sehr viel arbeitet und sie und Imre immer sehr vorsichtig gewesen seien.

»Das glaubt sie auch nur selbst«, meint Niklas zu Gesa, als sie gemeinsam vom Parkplatz zu dem Reihenhaus laufen. »Sogar Maja Sander ist sofort aufgefallen, dass die beiden etwas miteinander haben.«

»Ich bin gespannt, wie Herr Lorenz gleich reagiert«, sagt Gesa und öffnet die hüfthohe Gartenpforte vor dem zartgelb getünchten Haus.

Sieht alles sehr gepflegt aus, fast wie in einer Puppenstube.

»Schau mal, Gesa!«, erwidert Niklas, »unter dem Carport steht der Transporter von Sven Lorenz, von dem uns seine Frau bei der ersten Befragung erzählt hat.«

Niklas geht drei Schritte über die im Schachbrettmuster verlegten Gehwegplatten, um sich das Fahrzeug genauer anzusehen. Neugierig lugt er durch ein blitzblankes Seitenfenster in das Führerhaus hinein.

»Ist da was, Niklas?«, ruft Gesa ungeduldig. Sie hat die Finger schon auf dem Klingelknopf.

Wir müssen hinein.

Ich glaube, die Scheibengardine hat sich eben bewegt.

»Nein«, antwortet Niklas. »Ich würde mir den Transporter später gern genauer ansehen. Bevor es dunkel wird. Vielleicht gibt uns Herr Lorenz ja freiwillig den Schlüssel.«

Gesa klingelt jetzt.

Die Tür wird sofort geöffnet.

»Guten Abend, Herr Lorenz!«, begrüßt sie den Hausherrn. »Ich bin Hauptkommissarin Bähr und das ist mein Kollege, Oberkommissar Lux. Wir haben im Fall des toten Herrn Westermann doch noch ein paar Fragen an Sie.«

Sven Lorenz zieht sich sein enganliegendes Shirt straff und die ausgebeulte Jogginghose hoch. Dann bittet er die Kommissare ins Haus.

»Entschuldigen Sie meinen Aufzug, aber ich bin seit früh um fünf am Ackern und habe es mir gerade erst vor dem Fernseher gemütlich gemacht, als Pia anrief und Sie angekündigt hat.«

Er schiebt schnell eine aufgeschlagene Motorsportzeitschrift beiseite und rückt die Schale mit Obst wieder in die Tischmitte.

»Was ist denn los? Pia klang am Telefon so verstört.«

Gesa sieht sich in dem schmalen Wohnzimmer um.

Alles picobello sauber und penibel aufgeräumt.

Da kann ich mir was abgucken.

»Das erklären wir Ihnen gleich, Herr Lorenz«, sagt sie freundlich. »Lassen Sie uns erst einmal setzen. Hübsch haben Sie es hier und alles ist so ordentlich.«

Sven Lorenz grinst über seine breiten, knochigen Wangen. »Ich kümmere mich ganz allein darum. Fürs Putzen bin ich zuständig.«

Niklas mustert ihn ungläubig.

»Ja, ist so, Herr Kommissar! Auch wenn ich nicht so aussehe«, meint er.

Niklas nickt anerkennend.

Die nächste Frage wäre: Wie müsste man eigentlich aussehen, damit sofort zu erkennen ist, dass man für den Hausputz zuständig ist?

Aber das tut hier nichts zur Sache.

Auch Gesa scheint überrascht. Sie schaut Niklas bittend von der Seite an. Er verzieht unauffällig die Mundwinkel.

Klar, dass ich das Drama beginnen darf.

Zumal der Kerl einen sympathischen Eindruck macht.

Fünf Minuten später sitzt ihnen Sven Lorenz immer noch kopfschüttelnd gegenüber und das Einzige, was Gesa und Niklas aus ihm herausbekommen haben, ist, dass er ihnen kein Wort glaubt. Er möchte es von seiner Frau persönlich hören.

Dann flucht er plötzlich los: »Bei allem, was ich für Imre getan habe! Meine Frau ist tabu, hat er mir geschworen, dieser Hurensohn! So ein Verräter«, schreit Sven und haut mit seiner kräftigen Faust auf den Glastisch. Zwei Äpfel kullern aus der Schale und einer fällt auf den Teppichboden.

Niklas bückt sich, doch der Apfel rollt weiter bis auf den Laminatboden unter dem Sofa. Er angelt mit seinem langen Arm danach und bekommt ihn gerade noch am Stiel zu fassen. Beim Hervorziehen bleibt Niklas jedoch mit dem Handballen an der abstehenden Teppichkante hängen und wird stutzig.

Das fühlt sich merkwürdig an.

Hier liegt doch etwas darunter.

Überrascht holt er einen von zwei Seiten aufgeschlitzten, weißen DIN-A5-Umschlag unter dem Teppich hervor. Eines der innenliegenden Fotos rutscht sofort heraus.

Es zeigt Pia Lorenz und Imre Westermann in einer eindeutigen Pose.

»Herr Lorenz!«, ermahnt Niklas ihn scharf. »Sagten Sie nicht vorhin, dass allein Sie in Ihrem Haushalt den Putzdienst übernommen haben? Dann haben Sie bestimmt auch diese heimlichen Aufnahmen unter dem Teppich versteckt.« Er holt die restlichen Bilder aus dem Umschlag und legt sie der Reihe nach vor dem kreidebleich gewordenen Ehemann auf den Tisch.

»Geben Sie es schon zu!«, fordert Gesa ihn auf, »Sie wussten von dem Verhältnis Ihrer Frau. Damit haben Sie ein Motiv.«

»Und Sie hatten beim Hafenfest mehrfach die Gelegenheit dazu, Imre Westermann zu vergiften«, ergänzt Niklas.

»Nein! Nein! Ich war das nicht«, stammelt Sven Lorenz, der nun zusammengesunken in seinem Sessel kauert.

»Alles, was Sie ab jetzt sagen, kann gegen Sie verwendet werden«, klärt ihn Gesa auf. »Wir vernehmen Sie nun als Tatverdächtigen.«

»Tun Sie doch, was Sie wollen. Ich sag gar nichts mehr«, antwortet er trotzig und verschränkt seine Arme vor der Brust.

»Gut, wie Sie wünschen, Herr Lorenz, dann müssen wir Sie in Polizeigewahrsam nehmen. Ich würde Ihnen dringend raten, einen Anwalt anzurufen.«

Gesa nimmt ihr Handy und bittet die Kollegen von der Schutzpolizei um Verstärkung.

Niklas ist derweil aufgestanden und hat sich sicherheitshalber vor dem Verdächtigen in Position gebracht.

»Sie bleiben bitte sitzen, Herr Lorenz!«

Gesa gibt Niklas mit den Augen ein Zeichen.

»Herr Lorenz, die Hände bitte nach vorn ausstrecken«, fordert Niklas ihn auf und legt ihm Handschellen an.

Nicht, dass der uns noch türmt.

Donnerstag

41. Kapitel

Hauptkommissarin Bähr sitzt bereits seit sieben Uhr an ihrem Schreibtisch.

Dr. von Isenberg hatte ihr versprochen, heute Morgen den Obduktionsbericht über die ermordete Julia zu mailen. Falls ihm etwas Gravierendes auffällt, wollte er anrufen.

Müde stützt Gesa ihr Kinn auf die Hände und starrt ungeduldig auf ihr E-Mail-Postfach. Dort herrscht gähnende Leere.

Manchmal quillt es um diese Zeit bereits über.

Gesa wartet nicht nur sehnsüchtig auf die Spurenauswertung im Fall der ermordeten Julia, sondern auch auf neue Informationen zu den DNA-Spuren, die in dem Bootsschuppen gesichert wurden, in welchem ihre Freundin Karin auf so quälende Weise gefangen gehalten wurde.

Ob die beiden Verbrechen zusammenhängen?

Karins Entführung und der Mord an der jungen Frau?

Handelt es sich womöglich sogar um ein und denselben Täter?

Gesa empfindet es geradezu als makaber, dass ihre Freundin wahrscheinlich nur gerettet wurde, weil im nahen Umfeld ihres Gefängnisses ein weiteres Verbrechen geschehen ist.

Einen halben Tag später, Karin hätte es nicht überlebt.

Gesa kämpft erneut mit den Tränen, als sie daran denkt.

Hoffentlich ist Karin bald vernehmungsfähig.

Vielleicht ist ihr Schicksal auch der Schlüssel zur Aufklärung des widerlichen Mordes an der jungen Frau.

Ich bekomme Julias Bild nicht aus dem Kopf. Wie sie empört ihr Fahrrad an mir vorbeischiebt. Jung, hübsch, ein wenig kess – die Frau hatte ihr Leben noch vor sich.

Gesa ballt ihre kleine Faust.

Wir kriegen das Dreckschwein, das dich umgebracht hat.

Sie steht auf, um sich einen frischen Kaffee aus der kleinen Dienststellenküche zu holen.

Lisa hat doch bestimmt schon neuen aufgesetzt.

Gerade als sie aus dem Büro laufen will, klingelt Gesas Handy, das auf dem Aktenberg neben ihrem Bildschirm liegt.

Das ist bestimmt Niels!

Aber am anderen Ende meldet sich der Kriminaltechniker Uwe Feddersen.

»Moin, Gesa!«, sagt er. »Ich war mir nicht sicher, ob du so früh schon im Büro bist, da habe ich es zuerst unter deiner mobilen Nummer versucht.«

»Das ist egal. Aber ja, ich bin am Platz. Körperlich jedenfalls. Mein Geist benötigt einen nächsten, starken Kaffee.«

»Verstehe. Da ist ja auch viel los bei euch. Vielleicht kann ich ein wenig zur Aufklärung beitragen.«

»Nun untertreib mal nicht, Uwe! Ohne dich und deine Leute würden wir keinen einzigen Fall lösen.«

»Schön, dass du das so siehst und auch sagst, Gesa. Für Hauptkommissar Zimmermann existieren wir, glaube ich, gar nicht …«

»Ach, hör bloß mit dem auf! Eher verirrt sich ein Walfisch in die Förde, als dass der uns mal lobt. Aber was hast du denn Spektakuläres herausgefunden, Uwe?«

Uwe Feddersen räuspert sich: »Wir haben uns doch gestern Abend noch den Transporter des verdächtigen Sven Lorenz vorgenommen und … stell dir vor, wir sind fündig geworden.«

»Erzähl!«, drängelt Gesa. »Der Mann befindet sich im Polizeigewahrsam in Kiel. Aber die Zeit läuft gegen uns. Bisher hat er lediglich ein starkes Motiv und er war zur Tatzeit vor Ort. Wenn wir stichhaltige Beweise gegen ihn haben, lasse ich ihn noch heute dem Haftrichter vorführen.«

»Die gibt es, Gesa. Unter dem Fahrersitz seines Transporters lag eine halbleere Wasserflasche. Als wir die aufgedreht haben, roch der Inhalt merkwürdig nach Bittermandel.«

»O du heiliger Klabautermann!«, kreischt Gesa vor Freude. »Dann ist das die Tatwaffe, wenn du so willst, Uwe. Der Westermann ist doch mit Cyanid vergiftet worden. Mittels eines Getränks, da ist sich unser Doc von Isenberg sicher. Obwohl er eher Champagner in Betracht zog, da dieser den Bittermandel-Geschmack übertüncht. Na gut, ich nehme auch Wasser als Beweismittel. Wahrscheinlich stimmt es dann, was von Isenberg von Anfang an vermutet hat, dass Imre Westermann zu den genetisch bedingten Pechvögeln gehört, die Cyanid nicht riechen oder herausschmecken können.«

»Das glaube ich auch«, stimmt Uwe der Hauptkommissarin zu. »So wie das Zeug gerochen hat, kannst du das jemandem nur mit Gewalt einflößen«, sagt er, »oder es verhält sich so, wie du mir beschrieben hast, und das Opfer hat nichts bemerkt.«

»Westermann hat das Gift höchstens eine Stunde

vor seinem Tod zu sich genommen. Er muss es unwissentlich und freiwillig getan haben. Wäre er sonst bei dem Wettbewerb aufgetreten?«, überlegt Gesa laut.

»Bestimmt nicht«, versichert Uwe ihr. »Aber warum hat Sven Lorenz die verdächtige Flasche nicht aus seinem Transporter entfernt und entsorgt?«

»Gute Frage, Uwe. Die werden ich an unseren Tatverdächtigen weitergeben. Womöglich hat er es in der Aufregung vergessen … Die Flasche war doch unter den Sitz gekullert.«

Gesa schweigt und denkt nach.

Für den Tathergang sehe ich noch Lücken.

Vielleicht hat der Lux eine Idee.

»Du, Gesa!«, meldet sich Uwe am Telefon zurück, »ich lege dann mal auf. Den Rest müsst ihr allein erledigen. Wir schaffen euch die Fakten heran, damit ihr eure Schlussfolgerungen daraus ziehen könnt. Gerade sind wir mit der Auswertung der zahlreichen Fingerspuren beschäftigt. Auch mit denen aus dem Bootsschuppen. Vielleicht ist es interessant zu erwähnen«, sagt Uwe, »dass die leere Wasserflasche, die neben Frau Dr. Rose gefunden wurde, von dem gleichen Fabrikat stammt wie die im Transporter des verdächtigen Herrn Lorenz. Wir werden die Fingerabdrücke an den Flaschen vergleichen.«

»Ist nicht wahr!«, ruft Gesa. »Wusst ich's doch, Karin ist der Schlüssel zum Ganzen. Die Fälle hängen miteinander zusammen. Wahrscheinlich sogar alle drei. Ich werde wahnsinnig! Das müssen wir sofort im Team besprechen. Ich beginne nämlich langsam den Faden zu verlieren.«

»Nur der Vollständigkeit halber«, ergänzt Uwe, »die

Fingerspuren an der toten jungen Frau stimmen nicht mit denen im Inneren des Schuppens überein. Am DNA-Abgleich ist ja von Isenberg dran. Der Täter war sehr unvorsichtig. Wir haben an der Toten frische Spermaspuren gesichert.«

»Ich weiß«, sagt Gesa leise. »Vielleicht haben wir das Schwein ja in der Kartei. Ob es Mord oder Totschlag war, ist allerdings noch nicht sicher. Die Frau könnte vor dem Bootsschuppen mit dem Kopf auf einen Stein gestürzt sein. Falls sie damit erschlagen wurde, wäre es natürlich Mord, um zu verhindern, dass sie ihren Peiniger verrät. Ich warte händeringend, dass Dr. von Isenberg Licht in das Dunkel unserer Ermittlungen bringt. Er muss die Kopfwunde noch genauer untersuchen, dann will er sich sofort melden.«

»Das wird er bestimmt in Kürze tun«, tröstet Uwe Feddersen Gesa. Er findet es seltsam, wenn Gesa von ihrem Freund als Dr. von Isenberg spricht. Sie könnte seiner Meinung nach ruhig Niels sagen.

Wir wissen doch alle Bescheid, dass er ihr Freund ist.

Aber Gesa möchte es so.

»Tschüs, Gesa«, sagt Uwe zum Abschied. »Halte die Schotten dicht. Draußen weht heute ’ne steife Brise!«

»Du auch!«, erwidert sie. »Und danke, Uwe. Tolle Arbeit!«

42. Kapitel

Als Niklas um kurz vor 8 Uhr das Großraumbüro betritt, empfängt ihn Gesa, noch bevor er seine

Regenjacke ausgezogen hat.

»Moin, Niklas! Wir haben gleich eine Teamsitzung. Uwe Feddersen hat mich angerufen. Es gibt so viele Neuigkeiten, die müssen wir an einen Tisch bringen.«

Niklas schüttelt sich kurz. Ein paar Wasserspritzer landen auf Gesas mit Sommersprossen übersäter Stupsnase.

»I!«, ruft sie. »Wring dich bloß erst einmal aus! Regnet es denn schon wieder so stark?«

»Ja, und es stürmt auch noch kräftig«, antwortet Niklas und hängt seine tropfende Jacke auf einen Bügel.

Drei Minuten später sitzt er mit einem dampfenden Kaffee in der Hand mit den anderen aus dem Team am Besprechungstisch.

»Ehe es offiziell losgeht«, sagt er, »Pia Lorenz hat mich auf meinem Diensthandy angerufen, kurz bevor ich zu Hause losgeradelt bin. Ihr ist noch etwas eingefallen. Jetzt, wo ihr Mann plötzlich unser Hauptverdächtiger ist, meint sie, hat sie genauer über alles nachgedacht. Imre Westermann hatte Feinde, behauptet sie, was sich ja mit dem ominösen Überfall decken würde. In den letzten Wochen vor seinem Tod wäre er nervöser als sonst gewesen und ungefähr eine Stunde vor dem Fischbrötchen-Wettessen hätte er sich von ihrem Mann Sven den Transporter ausgeliehen. Er sei dann pünktlich kurz vor Beginn des Wettbewerbs zurückgekehrt und ihr Mann ist zu ihm in den Verkaufswagen gekommen, um sich die Autoschlüssel zurückzuholen. Pia Lorenz ist sich sicher, dass er nichts mit dem Tod des Promiwirts zu tun hat.«

Gesa bleibt vor Staunen ihr hübscher Mund offenstehen.

Sie schaut Niklas an, als hätte er ihr in diesem Moment die Lösung des Falls präsentiert.

»Denkst du auch an unsere Vernehmung von Maja Sander, Gesa?«, fragt Niklas. »Sie hat doch erzählt, dass Sven Lorenz einen Autoschlüssel aus dem Verkaufswagen geholt hat und seine Frau Pia und der Westermann sofort förmlich miteinander sprachen, obwohl sie zuvor noch sehr vertraut auf Frau Sander wirkten.«

»Nee«, Gesa schüttelt den Kopf, »daran habe ich ehrlich gesagt nicht gedacht. Aber die deckungsgleiche Aussage der Zeugin Sander rundet die ganze Sache natürlich zusätzlich ab.«

Sie nimmt einen großen Schluck Kaffee.

Stefan hebt den Arm: »Äh, welche Sache? Was wird das hier, Chefin? Ein Zwiegespräch zwischen Ihnen und dem Oberkommissar?«

»Sorry, Kollege«, antwortet Niklas und rutscht auf seinem Stuhl nach vorn, um sich einen Keks zu angeln. »Ich wollte nur, dass die Hauptkommissarin diese Information erhält, bevor sie die Tagesordnung bekannt gibt. Falls Anpassungen notwendig sind.«

Gesa zieht die Brauen hoch.

»Heute gibt es keine Tagesordnung«, verkündet sie. »Ich glaube, jeder von uns hat Neuigkeiten, die sofort auf den Tisch müssen, damit wir gemeinsam das Knäuel unserer Ermittlungsstränge entwirren.«

Lasse schaut verschlafen unter seinem zu langen Pony hervor. »Mit einer Häkelnadel geht es schneller«, murmelt er.

Lisa stößt ihn an. »Hast du überhaupt richtig zugehört?«, zischt sie ihm ins Ohr.

Gesa ignoriert Lasses Verhalten großzügig.

Der Junge hat heute eigentlich frei.

Wahrscheinlich war er gestern Abend feiern.

Dann wendet sie sich an Stefan: »Bitte beginnen Sie, Kollege Voß! Was haben Sie über das Gehöft und das Grundstück, auf das Karin Rose verschleppt wurde, herausgefunden?«

»Der Besitzer des Anwesens ist ein gewisser Imre Zeiler, so steht es im Grundbuchauszug. Bis vor einem halben Jahr waren Haus und Garten an ein älteres Ehepaar verpachtet worden, die es jedoch nicht mehr schafften, das große Grundstück zu bewirtschaften. Die beiden leben inzwischen in einer Seniorenresidenz.«

»Imre Zeiler?«, wundert sich Lasse. Er will zeigen, dass er jetzt hingehört hat. »Der heißt doch Westermann.«

Lisa erklärt es ihm: »Herr Zeiler hat nach der Hochzeit den Namen seiner Frau angenommen. Merkwürdig«, sagt sie, »ich habe ja das Vernehmungsprotokoll geschrieben … Die Frau hat unseren Kommissaren gegenüber behauptet, dass ihr Mann vor der Ehe völlig mittellos war.«

»Genau!«, triumphiert Stefan. »Aber das war gelogen. Vielleicht hat es seine Gattin auch nicht gewusst, doch eines ist Fakt: Der Westermann besaß einen heimlichen Rückzugsort.«

»Das ist ja eine unerwartete Wendung, Stefan! Glauben Sie etwa, der Wirt hat Karin dorthin entführt?«, fragt Gesa entsetzt.

»Tja, ein blindes Huhn findet auch mal ein Korn.

Warum soll unser Opfer nicht gleichzeitig ein Täter sein?«, antwortet Stefan. »Ich halte es für möglich. Nur weshalb hat er das getan?«

»Moment!«, unterbricht Niklas die Diskussion. »Da würde ich die Auswertung der Spuren an der Kleidung und den Fesseln von Karin Rose abwarten.«

Gesa schüttelt sprachlos den Kopf.

Schon wieder ein neuer Ermittlungsansatz.

Wer soll denn da noch durchsehen?

Sie erläutert jetzt ihrem Team, was sie kurz zuvor von dem Kriminaltechniker Uwe Feddersen erfahren hat.

»Aber wenn die vergiftete Wasserflasche im Transporter des verdächtigen Sven Lorenz gefunden wurde«, meint Lisa, »könnte Imre Westermann doch in der Zeit davon getrunken haben, als er sich das Fahrzeug ausgeliehen hat. Vom Tatzeitraum her passt es jedenfalls.«

»Das sehe ich ebenso«, unterstützt Niklas die Kollegin. »Fragt sich nur, wer ihm die Flasche zugespielt hat.«

»Vielleicht war er es doch selbst?«, überlegt Gesa. »Neben Karin wurde eine leere Flasche desselben Fabrikats gefunden.«

»Dann könnten der Mörder Westermanns und Karins Entführer ein und dieselbe Person sein«, fasst Stefan zusammen.

»Aber dann ist Westermann nicht der Entführer, wie du eben behauptet hast, Stefan!«, wirft Lasse ein. »Es sei denn, er hat sich selbst vergiftet.«

Gesa schüttelt den Kopf. »Selbstmord hatten wir doch ausgeschlossen.«

»Und wenn es ein Unfall war?«, meint Niklas. »Eine

Verwechslung der Wasserflaschen?«

»Das würde ja im Umkehrschluss bedeuten, dass eigentlich Karin vergiftet werden sollte!«, ruft Gesa und reißt entsetzt ihre Augen auf. »Mannomann! Wir benötigen dringend die Auswertung der Finger- und DNA-Spuren!«

»Hat denn Dr. von Isenberg schon den vorläufigen Obduktionsbericht geschickt?«, will Niklas wissen.

»Ach, stimmt ja!«, Gesa haut sich mit der Hand an die Stirn.

Er hat doch versprochen, mich vorher anzurufen.

Zum Glück ist Niels raus aus der Geschichte.

Er hat die Wahrheit gesagt, wenn auch spät.

Aber nicht zu spät.

»Ich schlage vor, wir unterbrechen kurz und checken unsere E-Mails. In zehn Minuten setzen wir die Besprechung fort.«

Vorher werde ich im Krankenhaus anrufen und mich nach Karin erkundigen.

43. Kapitel

»So, es geht weiter, Kollegen«, sagt Gesa und schlägt ihre Mappe mit dem vorläufigen Obduktionsbericht auf. »Ich fasse mich kurz, jeder kann den Bericht später in Ruhe selbst noch einmal nachlesen.«

Alle Augenpaare sind gespannt auf die Hauptkommissarin gerichtet.

»Wir haben es eindeutig mit einem Mord an der achtundzwanzigjährigen Julia Riedel zu tun«, berichtet sie. »Inzwischen liegen uns von der Uni aus Berlin die vollständigen Personalien der jungen Frau vor. Nun obliegt es den Kollegen vor Ort, die Angehörigen über das schreckliche Ereignis zu informieren.«

Am Tisch herrscht betretenes Schweigen.

»Das heißt, sie wurde mit dem Stein erschlagen und ist nicht darauf gestürzt?«, fragt Stefan.

»Ja«, bestätigt Gesa, »der Täter wollte verhindern, dass sie ihn wegen der Vergewaltigung anzeigt. Aber er hat Spuren hinterlassen. Seine DNA konnte eindeutig separiert werden. Die Suche nach einer Übereinstimmung mit den hinterlegten Profilen einschlägig vorbestrafter Täter hat keinen Treffer ergeben, wie Dr. von Isenberg mir schreibt. Er hatte die Daten sofort weitergeleitet, um uns ein Ergebnis mitteilen zu können.«

Niklas rührt gedankenversunken mit dem Löffel in seinem Kaffeebecher.

Ihm geht die Vernehmung von Maja Sanders nicht aus dem Kopf. Sie war wahrscheinlich die Letzte, die Julia lebend gesehen hat.

»Kollegen«, meint er, »die Zeugin Maja Sander sprach davon, dass Julia Riedel auf der Suche nach einem historischen Rezept war, das Imre Westermann angeblich besaß. Trude Hansen hatte mir von dem berühmte Fischsuppen-Rezept erzählt … Näheres zu dieser Geschichte berichte ich ein anderes Mal. Aber es gibt dieses historische Dokument und es ist plausibel, dass die Geschichtsstudentin Julia Riedel danach geforscht hat. Es war ihr so wichtig, dass sie dafür sogar mit Imre Westermann intim war, wie uns Maja Sander erzählte. Julia hat ihm den Schlüssel seiner Strandvilla entwendet und heimlich sein Haus durchsucht. Was wäre denn, wenn Julia Riedel auch über Westermanns Grundstücksbesitz Bescheid wusste und dort ebenfalls nach dem Rezept geforscht hat?«

Lasse kaut aufgeregt am Strohhalm in seiner Cola: »Dann wurde sie vielleicht von dem Entführer der Frau Doktor überrascht und ermordet.«

Lisa schüttelt den Kopf. »Und die Vergewaltigung?«

»Der Kerl hat die zufällige Gelegenheit ergriffen«, überlegt Gesa, »das Opfer ist sehr attraktiv. Leider können wir über den Tathergang nur spekulieren. Meine große Hoffnung ist, dass Karin, die, nur durch ein Holztor getrennt, im Bootsschuppen unmittelbar hinter dem Tatort am Boden lag, irgendetwas mitbekommen hat. Heute Nachmittag darf ich mit ihr reden. Die Ärzte haben sie am Morgen aus dem künstlichen Koma geholt. Ich habe vor zehn Minuten angerufen.«

»Das ist doch mal eine gute Nachricht«, seufzt Lisa erleichtert. »Ich habe noch einmal nachgedacht und glaube, dass es ebenso möglich wäre, dass Julia Riedels Mörder gar nichts von Karins Existenz in dem Schuppen wusste. Hätte er sonst nicht dafür gesorgt, sie ebenfalls aus dem Weg zu räumen? Immerhin wollte er Julias Leichnam doch am nächsten Morgen vergraben. Er ist also im Nachhinein durchaus planvoll vorgegangen.«

Niklas, der schon zwei Blätter in seinem Skizzenblock vollgekritzelt hat, schaut anerkennend zu der jungen Kriminalobermeisterin.

Unsere Lisa.

So bescheiden und so klug.

»Ich finde den Einwand der Kollegin Rückert richtig«, sagt er. »Für mich verbindet dieses Grundstück den Entführungsfall und den Mord miteinander und nicht der oder die Täter. Im Fall der Entführung könnte es ja mehrere Beteiligte gegeben haben«, gibt er zu bedenken, »und immer wieder stoßen wir auf Imre Westermann. Der Mörder von Julia kann er nicht gewesen sein, aber vielleicht war es jemand aus seinem Umkreis. Dass Westermann eventuell Karin Rose entführt hat, haben wir ja schon diskutiert. Hier müssen wir nach dem Motiv forschen. Ich würde vorschlagen, alle Männer, die irgendwie mit Westermann zu tun hatten und von seinem Anwesen am Schönberger Strand wissen konnten, um eine freiwillige Speichelprobe zu bitten.«

»Du glaubst, dass es einer von denen war?«, fragt Gesa.

»Es ist nur so ein Bauchgefühl«, meint Niklas. »Deshalb sprach ich ja von einer freiwilligen Probe. Mein Ansatz dafür ist«, er schaut auf die vor ihm liegende Skizze, in deren Mitte ein Rezept angedeutet ist, »dass Julia Riedel nach Westermanns Tod weiter nach dem historischen Schriftstück gesucht hat. Zu wem sollte sie da wohl Kontakt aufnehmen, wenn nicht zu Westermanns Familie, Freunden oder Geschäftspartnern?«

Gesa nickt begeistert. »Durch die Sexualstraftat reicht es, wenn wir uns auf die Männer beschränken. Mir fallen da gleich der Koch Raik Winter und Sven Lorenz, der Ehemann von Pia Lorenz, ein. Außerdem werden wir die männlichen Mitglieder der Familie Westermann befragen. Soviel ich weiß, sprach Frau Westermann von ihrem Bruder Volker, der jetzt die Getränkelieferung für die Meeresbrise übernommen hat. Wegen Sven Lorenz könnte ich durch den neuen Ermittlungsansatz seinen Polizeigewahrsam bis heute

Abend ausschöpfen. Dann muss ich ihn aber spätestens dem Haftrichter vorführen oder freilassen«, erläutert Gesa ihrem Team.

»Um die Speichelprobe von Herrn Lorenz kümmere ich mich«, schlägt Niklas vor.

»Gut«, sagt Gesa, »Lisa und Stefan kontaktieren den Koch und die Westermanns. Vielleicht gibt es noch mehr männliche Verwandte, die in Frage kämen. Lasse, Sie halten im Büro die Stellung, während ich nach Kiel fahre, um Karin im Krankenhaus zu besuchen. Die behandelnde Ärztin hat mir Hoffnung gemacht, dass ich ein paar Minuten mit Karin reden darf.«

Stefan scharrt unter dem Tisch mit seinen Füßen. »Wann starten wir, Chefin?«, fragt er ungeduldig.

»Na, ich würde sagen, jetzt sofort. Mittag macht heute jeder, wie es in seinen Ablauf passt.«

Stefan runzelt die Stirn. Also gar nicht, befürchtet er.

Aber egal, ich will den Kerl fassen!
Wer denkt denn da an Essen?

44. Kapitel

Am Krankenbett ihrer Freundin fällt es Gesa schwer, sich auf die ermittlungsrelevanten Fragen zu beschränken.

Ich möchte mich am liebsten neben Karin legen und einfach nur für sie da sein.

Höchstens dreißig Minuten haben die Ärzte Gesa für die Befragung zugestanden und auf keinen Fall dürfe die Patientin aufgeregt werden.

Na, die haben gut reden.

Karin wurde entführt und ist Zeugin in einem Mordfall.

Als ob ich ihr dazu harmlose Fragen stellen könnte.

»Karin, meinst du wirklich, ich kann dir die Strapazen zumuten?«, fragt Gesa vorsichtig.

Doch Dr. Rose nickt zustimmend. »Ich bin noch etwas heiser von der Erkältung, aber sonst schon ganz die Alte.«

»Du bist dünn geworden«, sagt Gesa mitfühlend und streichelt Karins Arm, der auf der Bettdecke liegt.

»Na, kein Wunder, bei meiner Crashdiät.«

»Ein Wunder ist, dass du überhaupt überlebt hast, Karin.«

»Ich weiß. Mein Leben gegen ein anderes. Das Schicksal ist manchmal grausam. Wahrscheinlich war ich noch nicht dran«, meint die resolute Karin und quält sich ein Lächeln ab. Aber Gesa sieht, dass ihre Augen traurig blicken.

»War es sehr schlimm?«, fragt sie.

»Mhm. Vor allem mitzuhören, was der Kerl mit der armen Frau angestellt hat und dann am Ende der brutale Schlag. Dieses Geräusch splitternder Schädelknochen werde ich nie vergessen.«

»Woher weißt du …«

»Gesa, ich bin eine erfahrene Pathologin«, antwortet die Einundsechzigjährige.

»Würdest du die Stimme des Mannes wiedererkennen?«, fragt Gesa.

»Ich denke schon, wenn er ungefähr dasselbe sagt, auf jeden Fall. Aber erspare mir bitte, seine Grausamkeiten jetzt zu wiederholen.«

»Natürlich, Karin, das hat Zeit«, versichert Gesa ihrer Freundin. »Du schreibst uns die Sätze später einfach auf. Wir haben Spermaspuren an der Toten gefunden. Ich bin mir sicher, wir kriegen den Kerl bald.«

»Falls es dir weiterhilft, die Frau muss ihn gekannt haben. Am Anfang war die Konversation freundlich, als wenn die beiden verabredet gewesen wären. Dann entfernten sich ihre Stimmen für einen Moment und anschließend drehte der Mann plötzlich durch. Sie muss vor ihm geflüchtet sein und unmittelbar neben mir, nur getrennt durch die Schuppenwand und das Tor, hat er sie missbraucht und ermordet.«

»Haben die beiden vorher irgendwelche Namen genannt?«

»Nein, aber er brüllte sinngemäß so etwas wie: ›Ihm hast du es doch auch besorgt, warum mir nicht?‹«

»Was hast du noch verstanden?«, fragt Gesa aufgeregt.

»Es ging, glaube ich, um ein Medikament, das die Frau dringend benötigte. Als Gegenleistung forderte er Sex von ihr.«

»Sicher?«

»Also, verbürgen kann ich mich für gar nichts.«

Gesa überlegt.

Wie kommt Karin jetzt auf »Medikament«?

Ach!, denkt sie. Ich hab es!

»Karin, meinst du vielleicht ein Rezept?«

»Ja, stimmt. Entschuldige, in meinem Kopf kreist alles durcheinander. Als Ärztin habe ich das Wort ›Rezept‹ unbewusst mit einem Medikament in Verbindung gebracht.«

Gesa tätschelt Karin die blutunterlaufene Hand.

Die Fesselspuren sehen schlimm aus.

»Alles gut, Karin«, sagt sie, »du hast uns schon sehr

weitergeholfen.«

Karin Rose schließt kurz die Augen.

»Möchtest du schlafen?«, erkundigt sich Gesa.

»Nein, auf keinen Fall! Ich will so schnell wie möglich erfahren, wem ich meinen desolaten Zustand zu verdanken habe. Oder handelt es sich um denselben Täter wie bei der jungen Frau?«

»Höchstwahrscheinlich nicht. Du wurdest schon vorher in dem kalten Bootsschuppen gefangen gehalten. Das Grundstück, auf dem der steht, und das Haus daneben gehören Imre Westermann. Der ist inzwischen tot.«

»Ach, was?« Karin staunt. Von der Aufregung kehrt etwas Farbe in ihr blasses Gesicht zurück. »Westermann sagst du? Ich wusste doch, dass ich den Typen kenne, der mir, als ich gefesselt am Boden lag, das viele Wasser eingeflößt hat. In meiner Panik konnte ich jedoch keine Verbindung zu ihm herstellen. Wie sollte ich denn auf den Promiwirt kommen? Ich kannte ihn doch vorher kaum. Aber jetzt, wo du seinen Namen genannt hast … Sein Arm und seine Hand waren, während er mir die Wasserflasche in den Mund drückte, dicht an meinem Gesicht. Ich habe ein Näschen für Körpergerüche. Seinen habe ich für immer in meinem Gedächtnis konserviert. Es muss Imre Westermann gewesen sein. Am Abend im Restaurant ist er ständig um unseren Tisch herumscharwenzelt, erinnerst du dich, Gesa? Ich wollte dir von meinem Bekannten Pedro Garcia auf Gran Canaria erzählen und Westermann hat sich zwischendurch ständig nach unseren Wünschen erkundigt. Im Nachhinein habe ich das Gefühl, er wollte uns belauschen. Glaub mir, Westermann war das mit der Wasserflasche! Ich erinnere mich an seinen Körpergeruch, nach einer Mischung aus Küchenduft, teurem Herrenparfüm, ein wenig männlichem Schweiß. Du weißt, was ich meine …«

Karin beginnt vor Aufregung zu schwitzen.

»Ja, ich erinnere mich auch gut an unseren gemeinsamen Abend in seinem Restaurant«, stimmt Gesa ihr zu und schaut besorgt auf ihre Freundin.

So langsam fügt sich das Puzzle in meinem Kopf zusammen.

Hoffentlich wird es jetzt nicht zu anstrengend für Karin.

Ihre Freundin errät Gesas Gedanken.

»Mir tut es gut, darüber zu reden, Gesa. Wenn ich hier allein herumliege und mir das Hirn zermartere, platzt mir der Schädel. Der Westermann ist tot, sagst du? Seit wann denn? Samstagvormittag hat er mir jedenfalls noch Wasser eingeflößt. Es war bestimmt am Samstag. Ich habe die Tage meiner Gefangenschaft durch die sich ändernden Lichtverhältnisse, die ich unter der leicht durchlässigen Augenbinde wahrgenommen habe, mitgezählt. Zuerst hatte ich mich sogar dagegen gewehrt, das viele Wasser zu trinken. Im Nachhinein war es gut, dass ich die ganze Flasche leeren musste, denn es war das Letzte, was ich zu trinken bekam, bevor ihr mich gefunden habt.«

Nun fällt bei Gesa endgültig der Groschen.

Sie wird blass vor Schreck. Die Farbe ihres Gesichts ähnelt dem Krankenhausweiß von Karins Bettdecke.

Niklas hatte recht mit seiner Vermutung.

Westermann muss die Wasserflaschen vertauscht haben.

Er wollte Karin umbringen!

Aber warum?

45. Kapitel

Lisa arbeitet bereits den gesamten Vormittag an ihrer Grafik, in der sie die bekannten Details zu den nunmehr drei Verbrechen zusammenfassen möchte.

Sie ist allein im Büro.

Hoffentlich passiert jetzt nicht irgendetwas.

Der Tresen ist nicht besetzt.

Stefan und Lasse sind wegen der Speichelproben von Raik Winter und Volker Westermann unterwegs. Der Polizeischüler Lasse wollte Lisas Kollegen unbedingt begleiten.

Richtig so.

Er soll sich aktiv an den Ermittlungen beteiligen.

Lisa schaut auf die Uhr ihres Computerbildschirms.

Zeit fürs Mittagessen – bevor alle zurückgekehrt sind.

Hauptkommissarin Bähr besucht immer noch ihre Freundin Karin Rose im Krankenhaus und Oberkommissar Lux ist mit nach Kiel gefahren, um den Mann von Pia Lorenz, der sich weiterhin in Polizeigewahrsam befindet, von einer freiwilligen DNA-Probe zu überzeugen.

Unmittelbar nach ihrer kurzen Mittagspause, die Lisa mit einem mitgebrachten Salat an ihrem Platz verbracht hat, klopft es an der Tür zum Großraumbüro der Kripo Laboe.

Polizeimeister Iversen von der Schutzpolizei aus dem Erdgeschoss steckt den Kopf durch den Türrahmen: »Besuch für euch!«, sagt er, dann wendet er sich an die junge Frau, die sich schüchtern hinter seinem breiten Kreuz versteckt: »Gehen Sie ruhig hinein! Sie haben großes Glück, die freundlichste Beamtin unserer Dienststelle hält hier noch die Stellung.«

Lisa lacht. »Nun verteile mal keine Vorschusslorbeeren«, sagt sie und zieht sich verlegen den Haargummi an ihrem blonden Pferdeschwanz straff. »Worum geht es denn?«

Maja Sander tritt hinter Iversen hervor.

»Ich möchte eine Aussage machen«, ruft sie Lisa mit ihrer heiseren Stimme entgegen. »Ein Geständnis«, fügt sie etwas leiser hinzu.

»Oh!« Lisa ist kurz erschrocken. Sie hat Maja Sander sofort erkannt.

»Selbstverständlich«, sagt sie und zieht die untere Schublade an ihrem Schreibtisch hervor, um das Aufnahmegerät herauszunehmen.

»Kollege Iversen?«, fragt Lisa den Beamten. »Ist der Vernehmungsraum im Erdgeschoss frei?«

Iversen zieht seine dichten Brauen über den Augen zusammen.

»Jein«, gibt er zu. »Aber in zwei Minuten. Ich kümmere mich sofort darum.«

Lisa schüttelt unauffällig mit dem Kopf. Sie ahnt, dass die Kollegen der Schutzpolizei dort wieder einmal ihre Mittagspause verbringen.

Hoffentlich lüften die anschließend ordentlich.

»Iversen!«, ruft Lisa, aber der Polizeimeister ist schon losgelaufen.

»Ich benötige während der Vernehmung jemanden von euch als Zeugen«, fügt sie leise hinzu.

Dann wählt sie die interne Nummer der Schutzpolizei, um einen der Kollegen um Hilfe zu bitten.

Zum Glück sind ein paar von ihnen im Hause und essen Mittag.

Eine Vernehmung, noch dazu ein Geständnis, darf ich auf keinen Fall allein durchführen, wenn es später vor Gericht Bestand haben soll.

Maja Sander steht immer noch unschlüssig in der Tür.

»Einen Moment, bitte!«, entschuldigt sich Lisa. »Sie wissen ja um die beiden Mordfälle, die wir aufzuklären haben, deshalb bin ich auch gerade allein im Büro. Wir begeben uns in ein paar Minuten nach unten und dann erzählen Sie mir in aller Ruhe, was Sie auf dem Herzen haben.«

Maja schaut Lisa erleichtert an.

Die Kriminalbeamtin ist nett.

Sie behandelt mich nicht gleich wie eine Verbrecherin.

Fünf Minuten später sitzen die beiden im Vernehmungsraum und Lisa beginnt, nachdem sie die Zeugin zuvor noch belehrt hat, mit der Befragung. Sie schaltet das Aufnahmegerät ein.

»Ich höre Ihnen erst einmal genau zu«, erklärt sie Maja Sander freundlich, »und versuche, Sie möglichst nicht zu unterbrechen. Auf anwaltlichen Beistand haben Sie ausdrücklich verzichtet.«

»Ja«, erwidert Maja, »der ist nicht nötig. Ich schaffe das allein und möchte meine Aussagen vom letzten Mal ergänzen«, sagt sie.

Lisa hat das alte Protokoll der Zeugenvernehmung von Maja Sander sicherheitshalber vor sich auf dem Tisch liegen.

Zum Glück habe ich es geschrieben.

Ich erinnere mich gut, was die Frau gegenüber den Kommissaren schon zugegeben hat.

Maja Sander nimmt einen Schluck aus ihrem Wasserglas und beginnt zu erzählen: »Ich habe Imre Westermann umgebracht. Aber es war nicht mit Absicht. Ich wusste doch nicht, dass er unter allergischem Asthma leidet. Eigentlich wollte ich ihn nur ärgern … Es war eine spontane Idee mit den Katzenhaaren, die mir erst gekommen ist, als ich Pia Lorenz geholfen habe, die Fischbrötchen für den Wettbewerb auf die Tische zu bringen. Ich hatte ziemlich viele Haare von der süßen Katze meiner Wirtsleute an der Strickjacke. Bevor ich mir den Kittel darübergezogen habe, hatte ich einige vom Ärmel gesammelt und gedankenlos in die Kitteltasche gesteckt. Als ich dann das Tablett mit den Brötchen für Imres Platz vor mir sah, habe ich mir in dem Moment gewünscht, er soll an seiner Gier und seinem Geiz ersticken. Also, ich habe es nicht wörtlich gemeint, sondern mir vorgestellt, wie er sich kräftig verschluckt und vor dem Publikum blamiert.« Maja macht eine kurze Pause. Ihre Stimme ist zunehmend schwächer geworden.

»Trinken Sie ruhig noch etwas«, sagt Lisa, »wir haben Zeit.«

Sie macht sich umsonst Sorgen.

Sie ist keine Mörderin, denkt Lisa erleichtert, denn die Kriminalobermeisterin weiß, im Gegensatz zu der Zeugin, dass Imre Westermann nicht an einer allergischen Reaktion verstarb. Die wahre Todesursache wurde der Öffentlichkeit nicht bekannt gegeben. Es kursieren aber Gerüchte an der Küste rund um Laboe, dass der Promiwirt eventuell wegen einer Allergie an einem Fischbrötchen erstickt ist.

Erwartungsvoll schaut Lisa auf die Zeugin.

»Es geht schon wieder«, versichert Maja ihr, nachdem sie ein halbes Glas Wasser leer getrunken hat.

»Bevor Sie weitererzählen, Frau Sander«, bittet Lisa sie, »möchte ich Sie etwas fragen. Weshalb hat Imre Westermann Ihre Bitte um eine Spende für Ihren Bruder abgelehnt? Das war doch der eigentliche Grund, warum Sie an seinem Stand ausgeholfen haben. Sie wollten ihn kontaktieren, oder?«, fragt sie mit einem Blick auf das vor ihr liegende Vernehmungsprotokoll.

»Jede Spende von ihm wäre nur ein Almosen!«, erwidert Maja empört. »Nein, ich wollte kein Geld von ihm. Jedenfalls nicht als Erstes.«

Lisa überlegt.

Dann hat sie zuvor nicht die Wahrheit gesagt.

»Was wollten Sie dann von ihm, Frau Sander?«

»Dass er sich stellt! Herr Westermann, damals hieß er noch Imre Zeiler, hat vor zehn Jahren aus reiner Geldgier unser Leben zerstört. Das von mir und meinem Bruder.« Sie stockt. Ihre Augen füllen sich mit Tränen.

»Bitte erzählen Sie weiter«, ermuntert Lisa sie, »vielleicht können wir Ihnen helfen.«

»Ach!«, Maja winkt ab. »Ich habe aufgeben, daran zu glauben, dass mir irgendjemand helfen kann. Pedro Garcia, der ehemalige Besitzer der Musikkneipe auf Gran Canaria, hat mir versprochen, dass sich eine Frau aus Kiel darum kümmern wird, die gute Kontakte zur Polizei hat und außerdem Ärztin ist.«

Lisa muss heimlich schlucken.

Redet sie etwa von Dr. Karin Rose?

Maja fährt fort. »Aber die Dame hat sich nicht bei

mir gemeldet. Stattdessen wurde ich von der Studentin Julia verfolgt. Die hat gleich geahnt, dass ich schuld am Tod Imre Westermanns bin, und mir das auf den Kopf zugesagt. Sie hätte die Polizei in einem anonymen Brief informiert. Deshalb habe ich Julia, nachdem sie mich im Kurpark angefallen hat, in mein Auto gelockt und mit Chloroform betäubt. Aber ich schwöre, mit ihrem schrecklichen Tod habe ich nichts zu tun. Ich bin lediglich eine Weile mit ihr durch die Gegend gefahren. Ich war in Panik. Später habe ich sie an einer Bushaltestelle auf der Landstraße aus dem Auto gezerrt und auf die Bank in ein Wartehäuschen gesetzt. Ihre Tasche und ihr Handy habe ich ihr alles wiedergegeben …«

»Ich benötige die genaue Uhrzeit, falls Sie sich erinnern, und den präzisen Standort der Haltestelle«, unterbricht Lisa Majas Bericht.

Die überlegt kurz. »Ich müsste dazu einmal auf eine Karte schauen. Aber ich bekomme das hin«, verspricht sie. »Meinen Sie, Julia ist dort ihrem Mörder begegnet? Ich mache mir solche Vorwürfe. Wenn ich mich nicht um meinen Bruder kümmern müsste, der zurzeit in einer Privatklinik in Lübeck betreut wird, hätte ich mich schon eher bei der Polizei gemeldet.«

Lisa kommentiert Majas Verhalten nicht, sondern hakt sofort wegen der alten Geschichte mit Imre Westermann nach.

»Was ist vor zehn Jahren passiert?«, fragt sie. »Was genau werfen Sie Herrn Westermann vor?«

»Imre Zeiler war vor zehn Jahren Barkeeper in Pedros Musikkneipe, in der mein Bruder und ich aufgetreten sind. Wir haben uns damit unseren Urlaub auf Gran Canaria finanziert. Als Musikstudenten waren wir klamm bei Kasse. Imre hat uns Schnaps spendiert, eine ganze Flasche mit Methanol gepanschten Alkohol. Seitdem ist meine Stimme kaputt und mein Bruder, der am meisten davon getrunken hat, ist nach mehrfachem Organversagen ins Koma gefallen.«

Lisa schaut betreten auf Maja und dann zu dem Kollegen der Schutzpolizei, der als Zeuge neben der Tür des Vernehmungsraums sitzt und ebenfalls aufmerksam zugehört hat.

»Das ist eine tragische Geschichte, Frau Sander«, sagt sie betroffen. »Ich befürchte, Sie sind damals nicht zu Ihrem Recht gekommen.«

»Nein, statt Imre Zeiler wurde Pedro Garcia, der Besitzer der Kneipe, von den spanischen Behörden zur Verantwortung gezogen. Imre hat auch dessen Leben ruiniert. Pedro musste seine gutgehende Bar aufgeben und lebt heute auf Gran Canaria von Gelegenheitsjobs. Beim Kellnern in einem Hotel hat er die Frau aus Deutschland kennengelernt, die versprochen hat, ihm zu helfen. Denn unsere späteren Recherchen haben ergeben, dass Imre Zeiler mit der Getränkemafia gemeinsame Sache machte und illegal gebrannten Schnaps in Pedros Bar verkauft hat. Normalerweise ist dieser Alkohol zwar oft minderwertig, aber nicht gefährlich. Außer wenn beim Brennen etwas schiefläuft, dann kommt es zu einer Methanolvergiftung mit schlimmen Folgen … so wie bei meinem Bruder und mir.«

Lisa nickt. Sie hat davon gehört.

Immer wieder geschehen aus reiner Profitgier solche Unglücke.

»Ich wollte, dass Imre Zeiler, der ja inzwischen als

Imre Westermann zu Ruhm und Geld gekommen ist, mir zuhört und sich entschuldigt!« Maja schluchzt. »Und dass er für meinen Bruder sorgt. Ich komme zurecht, aber nachdem unsere Eltern im letzten Jahr kurz hintereinander verstorben sind, schaffe ich es nicht, allein für die teure Privatklinik aufzukommen. Ich gebe ja die Hoffnung nicht auf, dass mein Bruder bei einer entsprechenden, intensiven Betreuung wieder aufwacht«, krächzt sie heiser und beginnt bitterlich zu weinen.

»Wir unterbrechen einen Moment, Frau Sander!«, entscheidet Lisa. »Bitte, trinken Sie erst einmal etwas! Ich kann dafür sorgen, dass Ihnen ein Tee gekocht wird.«

Doch Maja schüttelt nur müde den Kopf. Ihre blonden, langen Haare fallen ihr vor das Gesicht. »Nicht nötig«, stammelt sie mit letzter Kraft, »ich habe alles gesagt.«

Nächste Woche
Montag

46. Kapitel

»Guten Morgen, Gesa! Wie geht es Dr. Rose? Warst du am Wochenende bei ihr?«, fragt Niklas seine Chefin, die gerade damit beschäftigt ist, sich in der Dienststellenküche einen frischen Morgenkaffee einzuschenken. Gesa ist so in Gedanken, dass sie vor Schreck zusammenzuckt und etwas Kaffee aus ihrer Tasse über den Rand auf die Tischplatte schwappt.

»Niklas!«, ruft sie, »Moin! Ich habe dich gar nicht kommen hören. Karin geht es gut, ihre Genesung schreitet voran. Du bist aber früh auf den Beinen, mein Lieber«, wundert sie sich und wischt die Kaffeeflecken mit Küchenkrepp weg. »Ich dachte, ich bin die Einzige heute Morgen.«

»Na ja, dafür müsste ich schon mittags gehen«, druckst Niklas hervor. »Wegen der neuen Wohnung.«

»Aus meiner Sicht spricht nichts dagegen«, sagt Gesa fröhlich. »Ich hoffe auf einen entspannten Montag, damit wir unsere Berichte fertigbekommen. Stefan und Lisa werden ja auch bald eintrudeln.«

»Danke, Gesa«, antwortet Niklas erleichtert. »Ja, die umfangreiche Dokumentation zum Abschluss ist immer sehr lästig«, sagt er, »aber hättest du gedacht, dass wir am Ende alles so zügig aufklären?«

»Nie im Leben!«, ruft Gesa aus. »Wir hatten eine gehörige Portion Glück dabei. Vor allem bei der Ermittlung des Mordes an Julia Riedel bekamen wir unerwartet Unterstützung. Als Stefan und Lasse letzten Donnerstag in Kerstin Westermanns Villa wegen der Speichelprobe auftauchten, saß Volker Westermann schon mit seinem Anwalt auf der Couch.«

»Ich weiß. Frau Westermann scheint mir die einzige Vernünftige in der Familie zu sein«, erwidert Niklas. »Nachdem ihr Bruder sich ihr anvertraut hatte, hat sie das Richtige getan und ihm geraten, sich zu stellen.«

»Aufgrund der Spurenlage hätten wir ihn ohnehin überführt. Sein Geständnis wird ihm sicher vor Gericht nutzen, aber es war ein grausames, niederträchtiges Verbrechen und ich rechne trotzdem mit einer hohen Strafe für ihn«, antwortet Gesa. »Hoffentlich«, sagt sie leise.

»Trotz allem Ermittlungserfolg«, meint Niklas nachdenklich, »stimmt es mich traurig, dass wir nicht mehr für Julia tun konnten, als ihren Mörder zu fassen.«

»Das bringt unser Beruf leider mit sich. Prävention ist nicht unsere Aufgabe«, tröstet Gesa ihn. »Nur selten erfahren die Opfer eine ausgleichende Gerechtigkeit, wie im Fall Imre Westermann. Er wollte Karin umbringen, damit sie sein vergangenes Verbrechen nicht aufdeckt, und hat sich unbeabsichtigt selbst vergiftet.«

Niklas schüttelt zunächst nur sprachlos den Kopf.

»Das ist der krasseste Fall, den ich diesbezüglich erlebt habe«, stöhnt er. »Ich muss an ein Sprichwort aus meiner Kindheit denken: Wer anderen eine Grube gräbt, fällt selbst hinein.«

Gesa nickt. »Kenne ich. Bei mir hieß es abgewandelt: … ist selbst ein Schwein.«

»Klar«, erwidert Niklas und lächelt milde, »das verblüfft mich nicht. Bestimmt warst du ein ausgesprochen wildes Kind.«

»Merkt man das immer noch?«, fragt Gesa schelmisch und wischt ihre vollgekleckerte Tasse ab.

Dann schaut sie sich unschlüssig in der kleinen Küche um.

»Zu dir oder zu mir?«, fragt sie Niklas, der sich nun auch einen Kaffee eingießt.

Er verzieht kritisch seine Mundwinkel. »Zu dir, bitte! Ich habe in meinem Büro alle Tische mit Papier und Aktenordnern vollgepackt.«

Während Gesa ihre Bürotür gegenüber der Küche öffnet, droht sie ihm scherzhaft mit dem Zeigefinger.

»Dann wird das wohl nichts mit dem Frühergehen

heute«, warnt sie Niklas. »Wie steht es denn um deine Umzugspläne? Hast du den Zuschlag für die Wohnung mit dem schönen Balkon bekommen, die du letzte Woche besichtigt hast?«

»Ja, und ich habe zugesagt.«

»Glückwunsch! Aber mal im Ernst, hattest du etwa die Wahl? Bei so einem Sahnestück kann sich der Besitzer doch aussuchen, an wen er vermietet.«

»Es ist eine Sie«, sagt Niklas und seine blauen Augen glänzen verträumt.

»Ach!«, Gesa grinst ihn an. Sie stellt ihre Tasse ab und lässt sich mit Schwung in ihren Drehstuhl fallen.

»Das muss du mir gleich näher erzählen! Jetzt setz dich doch, Niklas!«, fordert sie ihn auf. »Leg die Ordner ruhig auf den Boden. Du siehst, bei mir ist nicht nur der Tisch, sondern sogar jeder Stuhl belegt.«

Sie lacht: »Deine Tasse kannst du gern auf meinem Schreibtisch abstellen.«

Ihre grünen Augen schweifen über das Chaos in ihrem Büro.

»Weißt du, Niklas, eigentlich wollte ich am Wochenende herkommen und alles aufräumen, aber ich habe lieber Karin besucht und mich mit Niels getroffen. Er und ich sind lange am Strand spazieren gegangen und haben geredet.«

Niklas versteckt das Gesicht hinter seiner Kaffeetasse. »Ich habe von Isenberg ja auch verdächtigt«, nuschelt er.

»Ich nicht«, widerspricht Gesa, »ich war nur verunsichert.«

»Ja, das stimmt. Ist denn jetzt alles wieder gut zwischen euch?«, will Niklas wissen.

Gesa nickt. »Niels hat eingesehen, dass er sich

durch sein Schweigen und die Lügen erst in die verdächtige Situation gebracht hat.«

»Genau! Trotzdem hast du nicht gegen ihn ermittelt, obwohl ich dich gedrängt habe.«

»Mein Bauchgefühl hat mich eben nicht getäuscht.«

»Da bin ich auch sehr froh über deinen Bauch«, schmunzelt Niklas.

»Danke übrigens, dass du die Füße stillgehalten hast«, antwortet Gesa, »aber wie sieht es mit deinem Bauch aus? Schwirren da schon wieder Schmetterlinge drin herum?«, bohrt sie nach. »Was ist denn mit der Vermieterin? Du wolltest mir doch mehr erzählen.«

»Nein, du wolltest mehr hören.«

»Oder so!« Gesa rutscht auf ihrem Stuhl hin und her. »Na, nun zier dich nicht so! Raus mit der Sprache! Ich bin deine Vorgesetzte.«

»Gut, dass du mich daran erinnerst, ich muss dich nämlich noch um einen weiteren Gefallen bitten«, weicht Niklas aus. »Ich habe mir eine ordentliche Ladung Wein für die Einweihungsfeier bestellt. Alles edle, teure Sorten zu sensationell niedrigen Preisen. Mein Freund Holger aus Berlin hat mir den Tipp gegeben …«

»Ja und?«, fragt Gesa.

»Die Kartons wollte ich in mein Büro liefern lassen, da es von hier aus viel kürzer zu der neuen Wohnung ist als von dem Haus deines Schwagers.«

»Also, ich habe nichts dagegen. So etwas musst du mich doch gar nicht fragen, Niklas«, sagt Gesa und überlegt kurz. »Na, hast du ja eigentlich nicht. Ich nehme an, unsere Dienststelle wurde bereits als Lieferadresse angegeben. Wann wird denn der Wein gebracht?«

»Schon heute. Deshalb meine Bitte: Falls die den Wein erst am Nachmittag bringen und ich nicht da bin … müssten die Kisten nach oben in mein Büro getragen werden. Die Firma liefert nur bis zur Haustür.«

»Mhm.«

»Ich spendiere den Trägern auch einen guten Tropfen.«

»Die Jungs von der Schutzpolizei würden sich wahrscheinlich eher über einen Kasten Bier freuen, aber ich denke, das lässt sich einrichten«, stimmt Gesa zu.

»Danke, dann gebe ich den Kollegen nach Feierabend im Goldenen Anker ein Bier aus.«

»Das kannst du gern tun, Niklas, aber nun lenk mal nicht ab! Was ist mit deiner neuen Flamme?«

»Bisher habe ich nur von einer Vermieterin gesprochen!«

»Ach, Niklas, mir kannst du nichts vormachen … Ich spüre sofort, wenn etwas verdächtig ist. Was glaubst du, warum ich Hauptkommissarin geworden bin?«

Plötzlich klopft es an Gesas Bürotür.

Es ist Kriminalmeister Voß.

»Stefan!«, ruft Gesa entzückt, »Sie sind schon an Bord, prima!«

»Nicht nur ich, auch Lisa und Lasse klimpern bereits eifrig auf ihren Tastaturen. Wir wollten Sie und den Oberkommissar nicht bei der Besprechung stören, aber nun muss es sein.«

Gesa schlägt die Hände über dem Kopf zusammen.

»Bloß kein neuer Einsatz!«, stöhnt sie.

»Keine Sorge, Chefin. Der Fall ist harmlos. Unten

steht ein Bote mit einer Sackkarre voller Weinkisten für den Kollegen Lux und möchte eine Unterschrift.«

Niklas springt auf.

»Super!«, freut er sich. »Dann kann ich die noch selbst hochtragen.«

Stefan grinst. »Das ist ’ne ziemliche Menge, Kollege. Ich helfe Ihnen gern, wenn Sie möchten.«

»Danke schön.«

»Nicht dafür. Olivia trinkt auch gern Wein …«, meint Stefan und kneift listig die Augen zusammen.

Niklas klopft ihm auf die Schulter. »Schon verstanden, Stefan. Rot oder weiß? Was mag Ihre Freundin lieber?«, erkundigt er sich fröhlich.

»Ich glaube, sie liebt beides.«

47. Kapitel

Lasse wundert sich.

Nimmt das denn gar kein Ende?

Während der Polizeischüler versucht, den Papierstau im Drucker und Kopierer zu beheben, beobachtet er mit Staunen, dass Stefan und Niklas zum zigsten Male Kartons mit Wein an ihm vorbeitragen.

»Soll ich helfen?«, fragt er.

»Nee, nee!«, ächzt Stefan. »Bring lieber den Drucker so schnell wie möglich wieder in Schwung.«

»Ja, Lasse!«, ruft Lisa von ihrem Platz. »Das ist jetzt wichtiger. Ich möchte endlich meinen Bericht zum Fall Maja Sander ausdrucken.«

»Ist sie denn auch eine Täterin?«, möchte Lasse wissen. »Der Westermann ist doch nicht an seiner Allergie verstorben.«

»Die Katzenhaare in dem Fischbrötchen könnten ihr als böser Streich nachgesehen werden«, antwortet Lisa, »aber sie hat zugegeben, Julia Riedel betäubt und entführt zu haben. Vielleicht wird die Staatsanwaltschaft deswegen Anklage erheben. Ich glaube es aber eher nicht. Julia Riedels Verabredung mit Volker Westermann geschah völlig unabhängig und erst einen Tag später.«

Lasse seufzt. »Nun ist die Arme tot. Alles wegen des bescheuerten Fischsuppen-Rezepts.«

»Der Studentin ging es wohl um die Anerkennung ihrer Masterarbeit. Daher hat sie alles darangesetzt, dieses Rezept zu finden«, erklärt Lisa Lasse. »Volker Westermann wusste, dass sein Schwager das historische Dokument in dem geerbten Haus, das er vor seiner Frau geheim hielt, aufbewahrt. Imre Westermann hat ihm gegenüber einmal betrunken damit geprahlt. Angeblich hat der Promiwirt das Rezept von einem Jugendfreund geschenkt bekommen. Ob das stimmt, können wir nicht mehr überprüfen. Imre Westermann und Jasper Matthes, so hieß der Freund, sind tot.«

»Was wird nun mit dem Rezept?«, fragt Lasse.

»Erst einmal wird es als Beweismittel in der Asservatenkammer der Bezirkskriminalinspektion verwahrt. Aber Frau Westermann, die es ja wohl erbt, wird es später dem Wikingermuseum schenken, hat sie den Kommissaren versichert«, berichtet Lisa dem Polizeischüler.

»Die Frau scheint mir sehr großzügig zu sein«, sagt sie, »sie will Maja Sander und ihren Bruder für das Leid, das ihr Mann den beiden zugefügt hat, entschädigen und die Klinikkosten für den Bruder übernehmen.«

»Finde ich nur gerecht«, meint Lasse. »Dass Frau Westermann das Rezept loswerden will, kann ich auch gut verstehen«, sagt er. »Das Ding ist verflucht. Es klebt das Blut eines Wikingeranführers daran. Oberkommissar Lux hat erzählt: Wer es besitzt, stirbt bald darauf.«

»Blödsinn, so etwas hat er doch niemals gesagt«, erwidert Lisa, während Niklas und Stefan ein erneutes Mal, mit Weinkisten beladen, durch das Großraumbüro schnaufen.

»Frag ihn doch selbst!«, wehrt sich Lasse.

Niklas, der ein paar Wortfetzen mit angehört hat, ruft den beiden zu: »Die Geschichte habe ich von Trude Hansen!«

Lisa lächelt. »Alles klar.«

»Siehst du!«, triumphiert Lasse.

Er schraubt die Druckerverkleidung zusammen.

»So, die alte Tante arbeitet wieder«, sagt er stolz. »Probier es mal aus, Lisa! Druck am besten etwas mit Bildern. Dann sehe ich gleich, ob die Reinigung der Patronen erfolgreich war.«

Lisa scrollt durch ihr E-Mail-Postfach.

Was nehme ich denn da auf die Schnelle?

Oh, eine Rund-Mail an alle Außenstellen.

Von Hauptkommissar Zimmermann!

Mit Bildern im Anhang.

Perfekt, denkt sie und gibt den Druckbefehl.

Erwartungsvoll schaut Lasse auf die Papierausgabe.

Hoffentlich funktioniert es.

Hauptkommissarin Bähr kommt nach vorn ins Großraumbüro gelaufen.

»Sind der Lux und Stefan immer noch am Schleppen?«, fragt sie Lisa und Lasse, während der Drucker arbeitet und lautstark verdächtige Geräusche von sich gibt. Doch das Druckergebnis ist anschließend tadellos. Lasse strahlt.

»Prima!«, lobt Gesa den Polizeischüler und greift nach den fertig gedruckten Seiten.

Während sie die E-Mail ihres Vorgesetzten aus Kiel überfliegt, werden ihre Augen immer größer und ihre Mundwinkel länger.

Das gibt's doch nicht!

Oje, denkt sie beim Anblick der Fotos und Abbildungen, das wird dem Kollegen aber nicht gefallen.

Niklas und Stefan schließen gerade die Tür hinter sich.

»Erledigt!«, sagt Niklas und wischt sich den Schweiß von der Stirn.

Stefan läuft zu seinem Platz. »Meine Arme sind lahm. Ich muss erst einmal etwas trinken«, jammert er und greift nach seiner Wasserflasche.

»Kollegen!«, ruft Gesa. Sie wedelt mit den Blättern Papier in ihrer Hand. »Setzt euch doch bitte für einen Moment an den Besprechungstisch! Ich möchte eine E-Mail von Hauptkommissar Zimmermann vorlesen.«

»Muss das genau jetzt sein, Gesa?«, fragt Niklas. »Ich wollte kurz mein Hemd wechseln.«

»Ja, muss es«, antwortet sie, »ich glaube, das ist vor allem in deinem Sinne. Du wolltest doch heute früher gehen.«

»Sorry, stimmt«, entschuldigt sich Niklas. »Na, da bin ich aber gespannt.«

Als alle am Tisch Platz genommen haben, beginnt Gesa sofort mit dem Vorlesen: »Liebe Kolleginnen und Kollegen! Im Zuge der jüngsten Mordermittlungen im Zuständigkeitsbereich der Bezirkskriminalinspektion Kiel ist den Verantwortlichen für Wirtschaftsdelikte ein entscheidender Schlag gegen die organisierte Kriminalität im Wein- und Spirituosenhandel gelungen. Durch das umfassende Geständnis eines Beteiligten haben wir ein riesiges Warenlager mit Standard-Weinen ausgehoben, die umetikettiert wurden, um sie als teure Markenweine weiterzuverkaufen. Auf den Fotos im Anhang dieser E-Mail können Sie das Ausmaß der kriminellen Machenschaften der international operierenden Getränkemafia gut erkennen. Bleiben Sie weiter wachsam! Ich wünsche uns jederzeit eine gute Zusammenarbeit und viel Erfolg. Mit freundlichen Grüßen Hauptkommissar Zimmermann«

Niklas haut mit der Faust auf den Tisch: »Mit keinem Wort hat Zimmermann die Kripo Laboe erwähnt!«, empört er sich. »Es sind doch unsere Mordermittlungen gewesen. Soweit ich weiß, hatte keine der anderen Außenstellen vor Kurzem ein Kapitalverbrechen aufzuklären«, schimpft er.

Gesa nickt und verzieht resigniert den Mund.

»So ist er eben«, sagt sie. »Ein Lob von Zimmermann werden wir nicht mehr erleben.«

»Das sehe ich genauso«, wirft Stefan ein. »Bei dem Geständigen handelt es sich garantiert um unseren Täter, Volker Westermann. Der besitzt doch einen Getränkehandel«, meint er und schaut gespannt auf Gesa.

»Ganz sicher«, stimmt Niklas seinem Kollegen zu. »War es das dann, Gesa?«, fragt er.

»Moment!« Gesa breitet die restlichen Ausdrucke

vom Anhang der E-Mail auf dem Besprechungstisch aus.

»Du musst jetzt tapfer sein, Niklas«, sagt sie leise und zeigt auf die Großaufnahmen mit den Weinkartons direkt vor seiner Nase.

»Erkennst du die Weinsorten wieder?«, fragt Gesa ihn. »Genau solche Kisten hast du doch eben mit Stefan in dein Büro geschleppt. Ich habe zwischendurch mal ein Auge auf die Etiketten geworfen.«

Niklas wird blass. In Gedanken hört er seinen Freund Holger am Telefon schwärmen: Edle Marken, außergewöhnlich günstig, Geheimtipp im Internet …

Ich bin so blöd!

Auch bei Stefan fällt jetzt der Groschen, als er die Abbildungen mit Fotos aus dem illegalen Weinlager näher betrachtet.

»Kollege Lux!«, stöhnt er. »Runterschleppen dürfen Sie die aber allein. Ich bin da raus.«

Ende

Liebes Lesepublikum,

sind Sie inzwischen Fan der Reihe mit den Ostseekommissaren Lux und Bähr oder geben Sie dem neuesten Buch eine Chance, um es noch zu werden?
In jedem Fall bedanke ich mich auch dieses Mal wieder ganz herzlich bei Ihnen.
Ein ganz liebes Dankeschön geht ebenso an meine Familie und die Freunde, die mich schon so lange unterstützen, und natürlich an alle, die an dem Buch professionell mitgearbeitet oder mich fachlich beraten haben.
Wenn Ihnen, liebes Lesepublikum,
***„Todhungrige Ostsee“** gefallen hat, freue ich mich über Ihre Bewertung bei Amazon.*
Vielen Dank, dass Sie sich die Zeit dafür nehmen.

Lust auf mehr?
Bisher sind erschienen:
„Totschöne Ostsee“ (Ein Fall für Lux und Bähr 1)
„Mordgierige Ostsee“ (Ein Fall für Lux und Bähr 2)
„Todkalte Ostsee“ (Ein Fall für Lux und Bähr 3)
„Grabstille Ostsee“ (Ein Fall für Lux und Bähr 4)
„Mordliebe Ostsee“ (Ein Fall für Lux und Bähr 5)
„Todhungrige Ostsee“ (Ein Fall für Lux und Bähr 6)

*Doch die Ostseekommissare Lux und Bähr ermitteln weiter und haben gemeinsam noch viel vor. Die nächsten spannenden Fälle folgen umgehend. Wenn Sie **A. Collin auf Amazon folgen**, werden Sie sofort über jede Neuerscheinung informiert.*
Oder Sie schreiben mir unter der E-Mail:
A.Collin@online17.de
Ich beantworte gern Ihre Fragen und Sie erhalten zu jeder Neuerscheinung einen Newsletter.

Viele Grüße aus dem Norden
von Ihrer Autorin A. Collin

IMPRESSUM

Todhungrige Ostsee
Sechster Fall für Lux und Bähr
Küstenkrimi

Asja Collin c/o Medienzentrum
Hamburg Rondenbarg 8 /22525 Hamburg
info@javy-verlag.de
Lektorat, Satz, Umschlag: JAVY Verlag
Korrektorat: www.contexta.de
Bildquellen: pixabay.com

Druck: Amazon Distribution GmbH
Amazonstraße 1, 04347 Leipzig

ISBN: 978-3-948820-36-7

JAVY

Printed in Poland
by Amazon Fulfillment
Poland Sp. z o.o., Wrocław

25720862R00131